Monika Felten

Geheimnisvolle Reiterin

Rätsel um White Lady

Monika Felten
(Jahrgang 1965) lebt mit ihrem Mann und ihren zwei Söhnen in einer norddeutschen Kleinstadt. Seit ihrer Kindheit hat sie mit Begeisterung Fantasy-Romane verschlungen und schließlich selbst zur Feder gegriffen. »Geheimnisvolle Reiterin« ist Monika Feltens erste Jugendbuchreihe bei Ensslin. Neben Fantasy-Romanen veröffentlicht sie Kurzgeschichten und regelmäßige Kolumnen in der Zeitschrift »Spielen und lernen«. Aktuelle Informationen über die Autorin gibt es im Internet unter *www.monikafelten.de.*

In der Reihe »Geheimnisvolle Reiterin« ist bereits erschienen:
Die Suche nach Shadow
Shadow in Gefahr
Gefangen im Elfenreich

Weitere Bände sind in Vorbereitung.

Monika Felten

Geheimnisvolle Reiterin

Rätsel um White Lady

ENSSLIN

In neuer Rechtschreibung

1. Auflage 2005

Einbandgestaltung: INIT
Vignetten: Dorothee Scholz
Gesamtherstellung: westermann druck Braunschweig GmbH
ISBN 3-401-45135-9

www.arena-verlag.de

Ches Dalton

»Da ist er!« Vorsichtig spähte Julia zum Pausenhof der Realschule hinüber, wo sich ein hoch gewachsener Junge mit schulterlangem schwarzem Haar, auffällig unauffällig den Fahrradständern des Albert-Schweitzer-Gymnasiums näherte.

Die beiden Schulen waren nur durch einen schmalen, asphaltierten Weg voneinander getrennt und die Schüler beider Seiten nutzten häufig die große Pause, um Freunde zu besuchen.

»Cool!« Svea seufzte. »Sieht der gut aus. Der ist doch mindestens sechzehn. Kein Wunder, dass Carolin sich in letzter Zeit auf der Danauer Mühle so rar macht. Für den würde ich meine Yasmin auch in der Box lassen.«

»Svea!« Julia schüttelte tadelnd den Kopf. »Das hätte ich aber nicht von dir gedacht. Wo du doch so auf Ches Dalton stehst.« Sie grinste. Sveas Zimmer war seit den Weihnachtsferien über und über mit Postern des umschwärmten Popstars tapeziert, ihr Diskman spielte nur noch seine Hits und sie kaufte jede Zeitschrift, in der ein Artikel ihres Schwarms zu finden war. »Ich dachte immer, gegen den hätte kein normaler Sterblicher eine Chance.«

»Das ist gemein«, schmollte Svea. »Du bist ja bloß neidisch, weil ...«
In diesem Augenblick knuffte ihr Julia mit dem Ellenbogen in die Seite. »Psst, da ist Carolin!«
Die beiden beobachteten, was geschah. Der Junge hatte die Fahrradständer inzwischen erreicht und lehnte lässig an einem Baum.
Carolin schien ihn zunächst nicht zu sehen, aber dann entdeckte sie ihn. Ihre Miene hellte sich auf, sie eilte lächelnd auf ihn zu und rief eine kurze Begrüßung. Er nahm sie in die Arme und küsste sie leidenschaftlich.
»Wow!«, entfuhr es Julia.
Svea verschlug es glatt die Sprache.
Die beiden hatten schon vermutet, dass es seit kurzem etwas in Carolins Leben gab, das ihr sogar wichtiger war als Pferde. Bisher hatten sie aber immer geglaubt, dass es sich dabei nur um eine Schwärmerei handelte.
»Sie geht mit ihm«, stellte Svea schließlich halb entrüstet, halb neidisch fest. »So richtig! Mit Küssen und so.« Sie seufzte und warf einen schwer zu deutenden Blick auf das eng umschlungene Pärchen, das die Welt um sich herum offensichtlich total vergessen hatte.
»Komm, lass uns gehen«, meinte Julia, die ein blödes Gefühl dabei hatte, die Verliebten noch länger zu beobachten. Sie wandte sich um und zupfte Svea am Ärmel. »Wir haben genug gesehen.«

»Das hätte sie mir aber wirklich sagen können«, schimpfte Svea auf dem Rückweg zum Schulgebäude. »Ich meine, immerhin bin ich ihre beste Freundin. Der kann man so etwas doch erzählen, oder? Gefragt habe ich sie schließlich oft genug, da muss sie mich doch nicht anlügen. Also, ich finde es total bescheuert, dass wir erst Detektiv spielen müssen, um herauszufinden, warum sie plötzlich kaum noch auf der Danauer Mühle anzutreffen ist. Dabei . . .«

»Vielleicht wollte sie erst einmal abwarten, ob es was Ernstes ist«, unterbrach Julia den Redefluss ihrer Freundin.

»Ernst oder nicht, sie hätte es mir sagen müssen«, beharrte Svea, holte zwei Kaubonbons aus der Tasche und reichte Julia einen davon. »Schließlich wollen wir bald wieder mit dem Training für die Mounted-Games beginnen. Aber ohne Carolin sind wir keine Mannschaft. Wenn sie nicht mehr reiten will, könnte sie sich wenigstens schon mal dazu äußern, wie es ohne sie weitergehen soll.«

»Carolin lässt die Mannschaft nicht hängen, da bin ich mir ganz sicher«, erklärte Julia. »Bis wir wieder auf die Wiesen können, dauert es sowieso noch ein paar Wochen. Ich war gestern dort und habe mit Frau Deller gesprochen. Sie sagt, im Februar habe es so viel geregnet, dass an ein Training im Freien vor Ende April nicht zu denken ist.«

»So spät erst?« Svea machte ein langes Gesicht.

»Wie es aussieht, ja.« Julia nickte und lächelte viel sagend. »Also ich würde mir wegen Carolin nicht den Kopf zerbrechen. Immerhin wissen wir jetzt, warum sie in letzter Zeit so *beschäftigt* ist. Das muss aber noch lange nicht heißen, dass sie in ein paar Wochen immer noch mit dem Typen geht.« Sie zwinkerte Svea zu. »Du weißt doch, Pferde sind bei Liebeskummer die beste Ablenkung.«

»Uih, wie gemein.« Nun lachte auch Svea. »Nicht dass wir Carolin ihr Glück nicht gönnen, aber ...«

»Svea, Julia – wartet mal!« Von hinten näherten sich Schritte. Es war Moni. Die sommersprossige Vierzehnjährige besuchte zwar die benachbarte Realschule, ließ sich aber nur selten auf dem Pausenhof des Gymnasiums blicken.

»Hallo Moni«, riefen Svea und Julia fast gleichzeitig und Svea fügte hinzu: »Was hast du denn mit deinen Haaren gemacht?«

»Abgeschnitten!« Lachend schüttelte Moni den fransigen Kurzhaarschnitt. »Lange Haare brauchen so ewig, bis sie nach dem Waschen trocken sind. Jetzt ist es besser. Mit dem Fön geht es ruck, zuck.« Sie fuhr sich mit den Fingern durch die kurzen roten Locken und fügte hinzu: »Außerdem sieht das viel modischer aus.«

»Stimmt, das ist ein super Schnitt.« Julia strich sich eine Haarsträhne aus der Stirn. Sie hatte auch schon mit dem Gedanken gespielt, ihre langen braunen Haare abschneiden zu lassen, sich aber bisher nicht getraut. Es hatte so viele Jahre gedauert, sie wachsen zu lassen! Und vielleicht standen ihr kurze Haare gar nicht ... Insgeheim bewunderte sie Moni für ihren Mut. Der neue Haarschnitt war frech und sportlich und passte super zu Monis neuer Brille.

»Ich hab hier was für dich«, hörte sie Moni sagen und sah, wie diese Svea einen Zeitungsausschnitt reichte.

»Was ist das?«, fragte Svea.

»Ein Artikel aus dem Zwissauer Tageblatt«, erklärte Moni und fügte hinzu: »Von gestern. Lies mal. Das interessiert dich bestimmt.« Sie machte ein wichtiges Ge-

sicht und beobachtete, wie Svea sich in den Artikel vertiefte.
»Worum geht es denn?«, fragte Julia und schaute Svea über die Schulter. »Oh, die Westerntage in Selkau.« Sie runzelte die Stirn und überflog die ersten Zeilen. Was war daran so wichtig? Die Westerntage waren doch nichts Besonderes. Sie fanden in jedem Sommer in Selkau statt. Vor der Kulisse eines alten Steinbruchs wurden auf einer Freilichtbühne kleine Episoden aus bekannten Wildwestabenteuern nachgespielt. Die Schauspieler waren stilecht kostümiert und ritten sogar auf echten Pferden. Das Spektakel dauerte eine ganze Woche. Jeden Tag gab es zwei Aufführungen und zahlreiche andere Aktivitäten, die das Herz eines jeden Country- und Westernfans höher schlagen ließen. Zuschauer aus ganz Deutschland kamen busweise angereist, um die Show zu sehen. Julia war auch schon einmal dort gewesen. Vor allem die halsbrecherischen Stunts zu Pferde und die Indianer, die ohne Sattel im Galopp gekonnt durch die Arena preschten, hatten es ihr angetan. Aber warum ...?
»Ches Dalton!«, rief Svea in diesem Augenblick begeistert aus. »Ches Dalton kommt nach Selkau!« Sie ließ die Zeitung sinken und schaute Moni mit leuchtenden Augen an. »Das ist ja Wahnsinn«, stieß sie entzückt hervor. »Einfach Wahnsinn. Ich kann es gar nicht glauben. Da muss ich in diesem Jahr unbedingt hin. Vielleicht bekomme ich ja ein Autogramm oder ...«
»Jetzt lies doch erst mal weiter.« Moni lachte, weil Sveas Gesicht plötzlich einen so verklärten Ausdruck angenommen hatte. »Das war noch nicht alles.«

»Nicht alles?«

»Nein! Lies mal den letzten Absatz.« Moni war die Ungeduld nun deutlich anzumerken. Damit es schneller ging, nahm sie die Zeitung kurz an sich, suchte die besagte Stelle heraus und drückte sie Svea dann wieder in die Hand, während sie mit dem Finger auf den Text tippte. »Da!«

Jetzt wurde auch Julia neugierig. Sie schob sich dichter an Svea heran und versuchte über deren Schulter hinweg den letzten Absatz des Berichts zu lesen.

»... *suchen die Initiatoren der Westerntage noch engagierte Reiter und Reiterinnen mit Ponys, die Lust haben, als Reiterstatisten bei den Aufführungen mitzuwirken. Nähere Informationen erhalten interessierte Reiter und Reiterinnen ab vierzehn Jahren unter der Nummer ...*

Das glaube ich nicht«, stieß Svea fassungslos hervor. »Das ist doch bestimmt ein Scherz – oder? Der 1. April ist doch erst in drei Wochen!« Sie ließ die Zeitung sinken und sah Julia mit glänzenden Augen an. »Stell dir mal vor«, schwärmte sie. »Ches Dalton kommt nach Selkau. Für einen ganzen Monat! Und ausgerechnet jetzt suchen sie dort Reiterstatisten mit Ponys.« Plötzlich nahm ihr Gesicht einen entschlossenen Ausdruck an. »Da rufe ich gleich heute Nachmittag an und bewerbe mich als Reiterstatist«, sagte sie. Doch dann fügte sie etwas unsicher hinzu: »Hoffentlich ist es dafür nicht schon zu spät. Von wann war die Zeitung noch mal?« Sie betrachtete den Zeitungsauschnitt eingehend und suchte nach dem Datum.

»Von gestern.« Moni schüttelte lachend den Kopf. So aufgeregt hatte sie Svea noch nie erlebt. »Du kannst aber ganz beruhigt sein. Da steht, dass sie zunächst alle Anrufe sammeln. Alle, die ihnen am besten geeignet erscheinen, werden dann in zwei Wochen zu einem Casting eingeladen.«

In diesem Augenblick verkündete die Pausenglocke den Unterrichtsbeginn.

»Oh, jetzt aber schnell.« Moni wandte sich um und machte sich auf den Rückweg.

»Kann ich den Artikel behalten?«, rief Svea ihr hinterher.

»Na, klar!«, erwiderte Moni. »Ich hab ihn doch extra für dich mitgebracht!«

Mailins Geheimnis

Der abnehmende Mond warf sein silbernes Licht auf die Wiesen und Wälder des Auetals, jener wildromantischen Landschaft aus saftigen Weiden, hoch aufragenden Erlenhainen und murmelnd dahinfließenden Bächen, in der die Pferde des Elfenkönigs die Sommermonate verbrachten.

Es war eine laue Sommernacht, warm und still. Mit Beginn der Abenddämmerung hatte sich eine fast andächtige Ruhe eingestellt. Eine Ruhe, die nur hin und wieder vom leisen Schnauben der Schimmel oder den gedämpften Geräuschen der Hufe unterbrochen wurde.

Fion lag auf einem Hügel im hohen Gras, hatte die Arme hinter dem Kopf verschränkt und kaute gedankenverloren auf einem langen Halm, während er über die Herde des Elfenkönigs und den Schlaf des Elfenmädchens wachte, das zusammengerollt neben ihm lag.

Mailin.

Er richtete sich ein wenig auf und sah sie an, aber die junge Pferdehüterin hatte ihm den Rücken zugewandt. Die langen weißblonden Haare verdeckten ihr Gesicht und sie rührte sich nicht, doch die gleichmäßigen Atemzüge verrieten, dass sie tief und fest schlief.

Fion seufzte und ließ sich wieder ins Gras sinken.

Mailin war seine beste Freundin. Gemeinsam waren sie vor drei Jahren in den Kreis der königlichen Pferdehüter aufgenommen worden und seitdem unzertrennlich.

Wie Mailin hatte auch er seine Familie aus Liebe zu den Pferden verlassen, um sich um die königlichen Schimmel zu kümmern, die schönsten und stolzesten Pferde im Elfenreich. Und wie Mailin hatte er diesen Entschluss nicht bereut.

Wie Mailin? Fion runzelte nachdenklich die Stirn. Inzwischen war er sich gar nicht mehr so sicher, dass Mailin nicht doch von Heimweh geplagt wurde. Das Elfenmädchen hatte sich in den letzten Wochen sehr verändert. Seit Staja Ame, das schwarze Fohlen des Prinzen Liameel, das Mailin so liebevoll Shadow nannte, eines Nachts von den Weiden entführt worden war, hatte Mailin sich mehr und mehr von ihm zurückgezogen. Und obwohl sie versuchte so zu tun, als wäre nichts, spürte er doch, dass sie etwas vor ihm verbarg.

Dreimal schon war sie einfach verschwunden, ohne ihm zu sagen, wohin sie ritt. Schlimmer noch, sie vernachlässigte sogar ihre Pflichten am Hofe und er hatte sich schon mehrfach eine Ausrede einfallen lassen müssen, um sie vor einer Strafe zu schützen. Wenn sie dann am Hofe weilte, war sie mit den Gedanken oft abwesend. Zunächst hatte Fion es noch auf Shadow zurückgeführt. Das Fohlen war schwer erkrankt, nachdem es auf wundersame Weise plötzlich wieder aufgetaucht war, aber selbst nachdem Mailin – mal wieder unter sehr mysteriösen Umständen – das dringend erforderliche Balsariskraut herbeigeschafft und Shadow damit gerettet hatte, war es mit ihr nicht besser geworden.

Und obwohl der König sie vor wenigen Tagen zur »Beria's roche« – Beschützerin der Pferde – ernannt und ihr die ehrenvolle Aufgabe übertragen hatte, für das Fohlen des Prinzen Liameel zu sorgen, bis dieser alt genug sein würde, sich selbst um sein Pferd zu kümmern, war sie ständig mit anderen Dingen beschäftigt. Inzwischen war Fion ganz sicher, dass sie ein Geheimnis hatte, aber jedes Mal, wenn er versuchte mit ihr darüber zu reden, wich sie ihm aus und lenkte das Gespräch in eine andere Richtung. Mailins beharrliches Schweigen machte Fion sehr zu schaffen, so sehr, dass er manchmal sogar schon an ihrer Freundschaft zweifelte ...

»Ah! ... Nein! ... Zurück!«

Mailin warf sich herum und schlug Fion mit der Hand ins Gesicht.

»Au!« Der junge Pferdehüter sprang auf und rieb sich die Nase, doch als er mit Mailin schimpfen wollte, bemerkte er, dass sie immer noch schlief.

»Julia, pass auf!« Mailins Atem ging schnell und ihre Lider flatterten. Offensichtlich durchlebte sie gerade einen sehr heftigen Alptraum. Sie bewegte sich auf dem Boden hin und her und schlug um sich, als wehre sie einen unsichtbaren Feind ab. Dabei stöhnte und keuchte sie wie unter großer Anstrengung und rief: »Julia, pass auf! Da ist ... Lavendra! ... Ah, nein ... sie hat Enid ...«

Für Bruchteile von Sekunden überlegte Fion, ob er Mailin wecken sollte, doch dann entschied er sich anders. Lavendra, Enid, Julia ... Der Traum hatte vielleicht etwas mit Mailins Geheimnis zu tun. Obwohl er sich dabei wie ein Schuft vorkam, beobachtete Fion Mailin weiter und verhielt sich ganz ruhig.

»Gohin, lauf!«, rief Mailin in diesem Augenblick. Sie war völlig außer Atem und ihre Stimme klang ängstlich.

»Wir müssen hier weg ... schnell ... lauf, Gohin!« Wieder warf sie sich herum. Ihre Beine zuckten. »Zurück, du musst zurück. Da ist der Weiher . . . Lavendra . . . Nein, oh nein . . .!« Mailin richtete sich ruckartig auf, öffnete die Augen und sah sich um, als wisse sie nicht, wo sie sich befand. Ihr Atem ging stoßweise und ihre ganze Haltung zeugte von großer Furcht. Mit einer fast beiläufigen Bewegung strich sie sich ein paar wirre Haarsträhnen aus dem Gesicht, doch es war offensichtlich, dass der Alpraum sie noch nicht gänzlich aus seinen Fängen entlassen hatte.
»Es ist alles gut, Mailin!« Fürsorglich legte Fion ihr den Arm um die Schultern.
»Fion?« Mailins Blick schien aus weiter Ferne zu kommen, als sie ihn ansah. »Was . . .?«
»Es ist alles gut«, wiederholte Fion noch einmal sanft. »Du hattest einen schlimmen Traum, aber nun ist er vorbei.«
»Einen Traum!« Mailin seufzte tief und endlich beruhigte sich auch ihr Atem. »Einen Traum, ja. Ich erinnere mich.« Plötzlich riss sie die Augen auf und starrte Fion an. »Habe ich gesprochen?«, fragte sie fast ängstlich.
Fion nickte.
Mailin zuckte erschrocken zusammen, als könne sie sich noch lebhaft an den Traum erinnern. » Was habe ich gesagt?«, stieß sie hervor.
»Nicht viel!« Fion schüttelte den Kopf. »Nur kurze Sätze, ein paar Worte. Aber ich spürte, dass du große Angst hattest.«
»Was waren das für Worte?«, forschte Mailin weiter. »Hast du sie verstanden?«

»Es waren Namen. Du sprachst von Lavendra, von der verbannten Priesterin Enid und von Gohin. Und dann war da noch ein ganz seltsamer Name, der klang wie Julja.«

»Was noch?«

»Du riefst *pass auf* und *lauf weg.«* Fion zog die Schultern in die Höhe. »Mehr konnte ich nicht verstehen, du hast sehr schnell gesprochen.«

»Puh.« Mailin ließ sich erleichtert ins Gras zurücksinken, blickte zum Himmel hinauf und schwieg.

Fion sah sie von der Seite her an. Eine Weile sagte er nichts, dann nahm er allen Mut zusammen und sprach aus, was ihn schon seit Tagen bewegte: »Du verheimlichst mir etwas, Mailin.«

»Unsinn!« Mailins Antwort kam eine Spur zu schnell, und ohne dass sie Fion dabei ansah. »Wie kommst du denn darauf?«

»Wie ich darauf komme?« Fion versuchte ruhig zu bleiben, aber er spürte, wie der aufgestaute Ärger langsam in ihm hochstieg. »Nach all dem, was seit Shadows Entführung geschehen ist, würde selbst ein Blinder darauf kommen. Ständig verschwindest du, ohne mir zu sagen, wohin. Ich habe für dich gelogen, um dich vor einer Strafe zu bewahren, und freiwillig deine Arbeit gemacht, damit keine Fragen aufkommen. Ich bringe mich für dich in Schwierigkeiten und was machst du? Kein Dank, keine Erklärungen – Nichts. Du nimmst es als völlig selbstverständlich hin, dass ich für dich einspringe und dich schütze. Du ...«

»Oh Fion, das wusste ich nicht.« Mailin richtete sich auf und sah den jungen Pferdehüter bestürzt und gerührt zugleich an. »Das wusste ich wirklich nicht. Ich bin doch immer nur dann fortgeritten, wenn ich keinen Dienst hatte. Ich hatte keine Ahnung, dass man mich suchen würde, und ich . . . ich wusste auch nicht, dass du . . .« Sie ergriff Fions Hand und lächelte. ». . . dass du mir geholfen hast.«

»Nein, natürlich wusstest du das nicht.« Immer noch schwang eine Spur Ärger in Fions Stimme mit. »Du hast ja schon seit Tagen keine Zeit mehr, mit mir zu sprechen. Immer bist du beschäftigt und mit deinen Gedanken woanders. Nichts ist mehr, wie es noch vor ein paar Wochen war. Du bist . . . Du hast . . .« Er verstummte und suchte Hände ringend nach den richtigen Worten. »Du hast dich sehr verändert, Mailin. Nichts ist mehr wie früher. Wir unternehmen kaum noch etwas gemeinsam. Und wenn, dann schweifen deine Gedanken ständig ab.« Er seufzte, dann hob er einen kleinen Stein vom Boden auf, warf ihn fort und fügte hinzu: »Manchmal glaube ich fast, dass wir keine Freunde mehr sind.«

»Fion!« Mailin war ehrlich erschrocken. »Fion, das stimmt nicht«, erklärte sie nachdrücklich. »Natürlich sind wir noch Freunde. Richtige Freunde. Es hat sich nichts geändert.«

»Richtige Freunde?« Fion schüttelte den Kopf. »Das kann ich kaum glauben. Richtige Freunde haben keine Geheimnisse voreinander – Sie vertrauen sich!«

»Das ist nicht fair«, stieß Mailin hervor. »Du . . . du hast ja keine Ahnung, was ich alles . . .« Sie verstummte, weil sie spürte, dass sie fast zu viel gesagt hätte.

»Keine Ahnung! Natürlich habe ich keine Ahnung. Woher auch? Du erzählst mir ja nichts.« Fion lachte bitter. Er spürte, dass er zu heftig reagierte. Er wollte sich nicht mit Mailin streiten, aber er hatte das Gespräch begonnen und nun nahm es seinen Lauf, ohne dass er es verhindern konnte. »Ich weiß nicht, was du so treibt, wenn du mal wieder unauffindbar bist«, sagte er. »Aber eines weiß ich gewiss: Das nächste Mal werde ich nicht mehr für dich schwindeln.« Er schlang die Arme um die Knie, wandte Mailin den Rücken zu und schaute über die mondbeschienene Wiese, auf der die Elfenpferde grasten.

Mailin erwiderte nichts. Fion hörte ihre Atemzüge und spürte ihre Blicke, aber auch er schwieg. Insgeheim ärgerte er sich, dass er überhaupt etwas gesagt hatte, andererseits war er aber auch froh seinem Ärger endlich Luft gemacht zu haben.

»Fion!« Es raschelte hinter ihm, als Mailin sich erhob und zu ihm kam. »Fion, es tut mir Leid.« Ihre Stimme war sanft und versöhnlich, und als er sie ansah, bemerkte er Tränen in ihren Augen. »Verzeih mir, Fion«, bat sie von ganzem Herzen. »Ich habe mich dir gegenüber nicht richtig benommen und schäme mich für mein Verhalten. Aber . . .« Sie verstummte, als müsse sie ihre Worte erst genau abwägen. Dann fuhr sie fort: »Aber ich habe meine Gründe! Dass ich dir nichts gesagt habe, bedeutet nicht, dass ich dir nicht vertraue, im Gegenteil. Du bist mein Freund und ich wollte dich da nicht mit hineinziehen.«

»Mit hineinziehen?« Fion zog erstaunt eine Augenbraue hoch.

Mailin seufzte. Einen Augenblick lang zögerte sie noch, dann fasste sie Fion an der Schulter und sagte: »Also gut, ich erzähle es dir. Weil du mein Freund, mein allerbester Freund bist. Aber du musst schwören, es niemandem weiterzusagen.«

»Ich schwöre!« Fion machte ein feierliches Gesicht und legte die rechte Hand aufs Herz.

»Gut!« Mailin setzte sich Fion gegenüber, vergewisserte sich mit einem raschen Blick in alle Richtungen, dass sie wirklich allein waren, und schaute Fion dann tief in die Augen. »Es ist vieles geschehen, von dem niemand etwas erfahren darf«, begann sie mit gedämpfter Stimme, schöpfte ein letztes Mal Atem und sagte dann: »Es begann in der Nacht, als Shadow von dieser Weide entführt wurde ...«

Noch mehr Geheimnisse

»Zu den Westerntagen nach Selkau?« Annette Wiegand ließ die Gabel sinken und schaute Julia fragend an. »Du und Spikey?« Sie runzelte die Stirn. »Wie kommst du denn auf so eine verrückte Idee?«
»Moni hat uns, also mir und Svea, heute in der Pause einen Artikel aus dem *Zwissauer Tageblatt* gezeigt«, erklärte Julia mit vollem Mund. »Da stand«, schnell schluckte sie das Stück Salami-Pizza hinunter, »dass die Organisatoren der Westerntage noch Reiterstatisten für die Festspiele suchen. Svea und ich wollen unbedingt mitmachen – wenn wir dürfen.« Sie legte die Gabel ab und bedachte ihre Mutter mit dem herzerweichenden *Bitte-sag-nicht-Nein*-Blick, der ihr bei ausgefallenen Wünschen schon manches Mal weitergeholfen hatte.
»Julia, ihr seid erst vierzehn!«, gab ihre Mutter zu bedenken. »Ich kann mir nicht vorstellen, dass man so junge Mädchen dort schon als Statisten mitreiten lässt.«
»Doch!«, trumpfte Julia auf. »Das stand auch in der Zeitung. Vierzehn ist das Mindestalter. Wir dürfen also beim Casting mitmachen.« Obwohl sie eigentlich viel zu aufgeregt war, um Mittag zu essen, schnitt sie ein weiteres Stück Pizza ab und schob es sich in den Mund. »Bitte, Mama!«, murmelte sie kauend.
»Selkau!« Annette Wiegand schüttelte den Kopf. »Das ist mehr als zwanzig Kilometer weit weg. »Wie stellst du

dir das vor? Wir haben doch gar keinen Hänger, um Spikey ...«

»Frau Deller leiht uns bestimmt einen!«, warf Julia voller Vertrauen in die Leiterin des Reiterhofs ein. Auf dem Reiterhof »Danauer Mühle« verbrachten sie und Svea fast ihre gesamte Freizeit. »Das macht sie auch für andere, die keinen eigenen Pferdehänger haben.« Julia holte tief Luft und startete einen neuen Überredungsversuch. »Bitte Mama, nur das Casting. Lass mich wenigstens das Casting mitmachen. Vielleicht werden wir ja gar nicht genommen, dann müssen wir ...«

»Wenn du zu diesem Casting fährst«, ihre Mutter hob mahnend den Zeigefinger, »immer vorausgesetzt, wir erlauben es dir, dann muss auch klar sein, wie es weitergehen könnte. Angenommen, du und Svea, ihr dürftet tatsächlich als Statisten bei den Aufführungen mitreiten, dann wird es doch sicher Proben geben. Hast du überhaupt eine Vorstellung, wie zeitaufwändig das werden kann? Vermutlich müssen wir euch dann zwei- bis dreimal in der Woche mit den Ponys nach Selkau fahren.« Sie schüttelte wieder den Kopf und seufzte. »Ihr Mädchen stellt euch das immer alles so einfach vor. Dabei vergesst ihr völlig, welchen Aufwand wir Erwachsenen betreiben müssen, um euch solche verrückten Wünsche zu erfüllen.«

»Die Proben mit den Statisten sind nur an den letzten beiden Wochenenden vor den Westerntagen«, erklärte Julia schnell. »Svea hat sich schon erkundigt. Die Pferde könnten über Nacht im Stall einer nahen Reitschule stehen, und Svea will ihre Tante in Selkau fragen, ob wir dann bei ihr schlafen könnten.«

»Oh. Das klingt ja, als hättet ihr schon alles genau durchdacht.« Die Mutter lächelte.
»Mama!« Julias Stimme wurde plötzlich sehr eindringlich. »Du verstehst das nicht. Wir *müssen* da unbedingt hin. Das ist eine einmalige Chance! Außerdem . . .« Sie hielt inne. Fast hätte sie zu viel verraten.
»Außerdem?« Annette Wiegand sah ihre Tochter fragend an.
Julia zögerte.
»Nun?«
Julia spürte, dass ihre Mutter keine Ruhe geben würde, bis sie eine Antwort bekam. In solchen Dingen konnte sie sehr hartnäckig sein. Verzweifelt suchte sie nach einer passenden Ausrede, aber ihr fiel einfach keine ein.
»Also, was ist denn noch so furchtbar wichtig, dass ihr zwei unbedingt nach Selkau müsst?«, hakte ihre Mutter nach.
»Nichts. Das heißt, doch.« Julia wand sich innerlich und seufzte. Warum hatte sie nicht aufgepasst? Jetzt musste sie ihrer Mutter etwas erzählen, das sie lieber für sich behalten hätte.
»Was denn nun?«
»Ches Dalton!« Julia gab sich geschlagen. Irgendwann würde ihre Mutter es ja doch in der Zeitung lesen. »Ches Dalton hat in diesem Jahr eine der Hauptrollen bei der Aufführung übernommen.«
»Ches Dalton? Ist das nicht dieser Popsänger mit der gepiercten Augenbraue und den Bartzöpfen, der jetzt ständig im Fernsehen zu sehen ist?«
»Genau der!« Julias Herz klopfte heftig, aber das wollte sie sich auf keinen Fall anmerken lassen. Trotzdem

spürte sie, wie sich ihre Wangen röteten. Weder ihre Mutter noch Svea ahnten, dass auch sie den umschwärmten Star heimlich anhimmelte.
»Ach, so ist das!« Ein wissendes Lächeln umspielte die Mundwinkel ihrer Mutter. »Ihr seid also in diesen ...«
»Nicht *ihr!* Svea!« Julias Antwort war eine Spur zu heftig und kam viel zu schnell, um glaubhaft zu wirken, doch ihre Mutter tat, als bemerke sie es nicht. »Ach so«, lenkte sie ein. »Svea schwärmt also für diesen Ches Dalton.« Sie nickte. »Das ist natürlich etwas anderes.«
»Und? Dürfen wir?«, platzte Julia heraus.
»Moment, Moment.« Ihre Mutter hob beschwichtigend die Hand. »Das kann und will ich nicht alleine entscheiden. Heute Abend spreche ich erst mal mit deinem Vater darüber und dann müssen wir auch noch die Erlaubnis von Susanne Meinert haben. Sie allein kann entscheiden, ob du Spikey mit zum Casting und zu den Aufführungen nehmen darfst. Immerhin ist er nur dein Pflegepony, nicht dein Eigentum.«
»Susanne hat sicher nichts dagegen«, erwiderte Julia. »Seit sie aus Paris zurück ist, hat sie Spikey noch nicht einmal besucht. Sie sucht ganz verzweifelt eine Aupairstelle. Sie will nämlich so schnell wie möglich zurück nach Paris wegen ihres französischen Freundes. Wenn du mich fragst, hat sie das Interesse an Spikey längst verloren.«
»Ach, davon wusste ich gar nichts.« Annette Wiegand war überrascht. »Ich habe mich schon gewundert, warum sie sich nicht bei uns meldet. Wir müssten nämlich dringend mit ihr darüber sprechen, wie es mit dir und Spikey weitergeht. Ursprünglich solltest du dich ja nur

so lange um das Pony kümmern, bis Susanne wieder Zeit hat.« Sie schien zu bemerken, wie sich Julias Miene bei diesen Worten verfinsterte, und wechselte schnell das Thema. »Aber sag mal, warum willst du eigentlich nur mit Svea zu diesem Casting?«, erkundigte sie sich. »Was ist denn mit Carolin? Ihr drei seit doch sonst unzertrennlich. Hat sie keine Lust oder gab es Streit?«

»Nee, wir haben keinen Streit«, beeilte sich Julia zu erklären und fügte hinzu: »Carolin hat neuerdings einen Freund und lässt sich kaum noch auf der Danauer Mühle blicken.« Sie zog eine Grimasse, die deutlich machte, was sie davon hielt.

»Einen Freund ...« Ihre Mutter lächelte versonnen und sagte dann: »Ja, so ist das mit der Liebe. Wenn man den Richtigen trifft, ist alles andere nebensächlich. Das wirst du sicher auch noch ...«

In diesem Augenblick klingelte das Telefon.

»Das ist Svea!« Julia sprang auf und stürmte in den Flur. Die Wendung, die das Gespräch genommen hatte, gefiel ihr gar nicht und sie war froh über die Unterbrechung.

»Hi, Svea«, sagte sie atemlos. »Was hat deine Mutter gesagt? ... Oh, genau das hat meine auch gesagt ... Nein, erst heute Abend, wenn mein Vater zu Hause ist ... Warte mal ...« Sie angelte mit der freien Hand nach der Tür zum Esszimmer, zog diese ins Schloss und fuhr dann etwas leiser fort: »... aber ich habe ein gutes Gefühl.« Meine Mutter ist jedenfalls nicht strikt dagegen. Bestimmt legt sie ein gutes Wort für uns ein ... Wie? ... Deine Tante würde uns bei sich übernachten lassen? ... Ist ja klasse, das erzähle ich gleich meiner Mutter ... Ich rufe dich dann heute Abend wieder an. Drück mir die

Daumen ... Ja, klar, ich dir auch. Tschüss!« Sie stellte das Telefon wieder in die Ladestation und ging zurück ins Esszimmer. »Sveas Mutter hat nichts dagegen«, gab sie die Auskünfte der Freundin ein wenig geschönt weiter. »Aber sie muss auch erst noch mit Sveas Vater reden. Und Sveas Tante in Selkau hat schon zugesagt, dass wir bei ihr schlafen können – wenn alles klargeht und ...«

»... und wenn es eure Eltern erlauben.« Annette Wiegand zwinkerte ihrer Tochter zu.

»... und jetzt überlege ich die ganze Zeit, wie ich Enid helfen könnte.« Mailin verstummte, griff nach dem ledernen Wasserschlauch und trank in großen Zügen. Sie hatte lange gesprochen.

Fion hatte sie nicht ein einziges Mal unterbrochen. Nur an seinem Gesichtsausdruck hatte sie erkannt, wie die anfängliche Neugier rasch einer Verwunderung und schließlich einem stummen Unglauben gewichen war. Doch er war schon immer ein guter Zuhörer gewesen und behielt die Fragen, die ihm auf der Zunge lagen, geduldig für sich, bis sie geendet hatte.

Diesmal dauerte es allerdings sehr lange, bis er zu sprechen begann. »Dann hast du Shadow, das echte Fohlen des Prinzen Liameel, zurückgebracht?«, fragte er schließlich, um das Gehörte noch einmal von Anfang an zu ordnen. »Aus der Menschenwelt? Und du glaubst, Lavendra hat es dorthin entführt?«

»Ich glaube es nicht nur, ich weiß es!«

»Aber das ist unmöglich«, stieß Fion hervor. »Sie ist die engste Vertraute des Elfenkönigs. Er achtet ihre Ratschläge und sie hat großen Einfluss auf alle seine Entscheidungen.«

»Stimmt.«

»Aber warum sollte sie dann das Fohlen entführen? Was würde ihr das bringen?« Fion runzelte nachdenklich die Stirn.

»Weil sie noch nicht genug Macht hat«, erklärte Mailin. »Sie will mehr. Über das falsche Fohlen hätte sie großen Einfluss auf den Prinzen nehmen können, wenn dieser in ein paar Jahren die Seelenverbindung mit dem Pferd eingegangen wäre. Wenn Liameel später einmal König ist, hätte er vermutlich nicht mehr aus freiem Willen gehandelt. Er würde dann nicht eigenständig regieren, sondern das tun, was Lavendra für richtig hält.«

»Und Enid, die verbannte Priesterin im Schweigewald, ist gar keine dunkle Magierin?« Fion stellte die Frage, ohne weiter auf Mailins Erklärung einzugehen.

»Die einzige dunkle Magierin im Elfenreich ist Lavendra!«, erwiderte Mailin spöttisch. »Sie hat Enid damals gezielt in eine Falle gelockt, um deren Platz als Mondpriesterin an der Seite der Königs zu bekommen. Es war eine geschickt eingefädelte Intrige. Enid hatte keine Möglichkeit, sich zu wehren. Der König konnte gar nicht anders entscheiden, als sie der schwarzen Magie für schuldig zu befinden und sie zu verbannen.«

»Wenn das stimmt, musst du den König unbedingt warnen«, riet Fion.
»Ja, das sollte ich wohl.« Mailin lachte bitter. »Aber wie? Soll ich ihm etwa sagen, dass ich Enid im Schweigewald aufgesucht habe?« Sie schüttelte den Kopf. »Du weißt so gut wie ich, dass es streng verboten ist, dorthin zu reiten. Vermutlich würde man mich gar nicht ausreden lassen und mich ebenfalls verbannen. Oder soll ich ihm sagen, dass ich bei den Menschen war? Dass ich allen Gesetzen zum Trotz mit Enids Hilfe die verbotenen Tore durchschritten und die fremde Welt besucht habe? Nein, das kann ich nicht. Wenn das rauskommt, erwartet mich eine noch viel schlimmere Strafe als die Verbannung. Lavendra ahnt bereits etwas. Sie würde schnell dafür sorgen, dass ich ihr nie wieder gefährlich werden kann.«
»Du hast Recht.« Fion nickte betroffen. »Entschuldige, ich war wohl etwas zu voreilig. Das Ganze ist wirklich nicht so einfach, wie ich dachte.« Er seufzte tief. »Aber irgendetwas muss man doch machen können. Wenn Lavendra sich wirklich der dunklen Magie bedient und Enid tatsächlich unschuldig ist, dann ...«
»Siehst du, genau darüber zerbreche ich mir die ganze Zeit den Kopf«, unterbrach Mailin den Freund. »Aber wie ich es auch drehe und wende, ich sehe einfach keinen Weg, wie ich sie überführen könnte, ohne mich dabei selbst zu verraten.«
Die beiden sahen sich ratlos an und schwiegen.
Mailin war froh Fion endlich alles erzählt zu haben. Nun konnte sie mit ihm endlich über all das sprechen, was sie bewegte, und sie hoffte, dass sie gemeinsam ei-

nen Weg finden würden, um das Unrecht, das man Enid angetan hatte, wieder gutzumachen.
»Wenn es einen Zeugen gäbe«, überlegte Fion schließlich laut, »jemanden, der damals dabei war, als das erste Pferd in die Menschenwelt entführt wurde. Dann wäre alles viel einfacher. Dann könnten wir beweisen, das Lavendra das Pferd entführt hat und nicht Enid und ...«
»Beweisen?« Mailin schüttelte den Kopf. »Nach so langer Zeit? Selbst wenn wir jemanden fänden, der gegen Lavendra aussagen würde, ein echter Beweis wäre das nicht.«
»Aber das Pferd. Sagtest du vorhin nicht, dass du das Pferd, das Enid angeblich gestohlen haben soll, bei den Menschen gesehen hast?«, fragte Fion.
»Gohin hat es entdeckt.« Mailin nickte. »Es steht auf dem Reiterhof, auf dem ich Julia getroffen habe. Dort nennt man es ein *Wunderpferd,* weil es so gelehrig ist und ungewöhnlich alt für ein Pferd. Das hilft uns aber nicht weiter. Das Pferd kann uns ja nichts erzählen.«
»Uns nicht ...« Fion machte ein wichtiges Gesicht. »Aber dort, wo ich zu Hause bin, gibt es einen sehr alten Elfen, der mit Pferden sprechen kann – zumindest behauptet er das.«
»Wirklich?« Mailin starrte Fion ungläubig an. »Du meinst, er kann mit *allen* Pferden sprechen, selbst wenn diese nicht die Seelenverbindung mit ihm eingegangen sind?«
Fion nickte.
»So etwas gibt es nicht!«, behauptete Mailin unwirsch. »Ich weiß sehr wohl, dass ich dir viel Unglaubliches erzählt habe, aber du solltest dich nicht mit solchen Ge-

schichten über mich lustig machen, dafür ist die Sache viel zu ernst.«

»Ich mache mich nicht über dich lustig.« Fion fasste Mailin sanft an der Schulter. »Ganz im Gegenteil. Ich versuche dir zu helfen. Diesen Elf gibt es wirklich. Als ich noch sehr jung war, ritt ein Mädchen unseres Dorfes eines Morgens allein aus. Als es abends noch nicht zurück war, machten sich alle große Sorgen. Aber wo man auch suchte, niemand konnte sie finden. Bei Einbruch der Dunkelheit kam ihr Pferd allein zurück. Es war verletzt und erschöpft und es stand zu befürchten, dass dem Mädchen etwas zugestoßen war. In ihrer Not suchte die Mutter des Mädchens diesen alten Elfen auf, der nicht weit entfernt wie ein Einsiedler im Wald lebt. Sie führte das Pferd zu ihm und bat ihn um Hilfe.« Fion stockte und schüttelte den Kopf. »Niemand weiß, wie es ihm gelungen ist, doch es heißt, er sei in die Gedanken des Pferdes eingedrungen und habe den Weg zu dem vermissten Mädchen anhand der Bilder, die er dort fand, zurückverfolgen können. Sie haben das Mädchen dann tatsächlich gefunden und es gerettet.«

»Er hat *Bilder* gesehen?«, fragte Mailin zweifelnd.

»Er hat gesehen, was das Pferd gesehen hatte.« Fion nickte. »Wenn es stimmt, was du sagst, und das weiße Pferd auf diesem *Reiterhof* ist tatsächlich das vor Jahren entführte Elfenpferd, dann müsste der Elf auch die Bilder der Entführung in den Erinnerungen des Pferdes finden und er könnte enthüllen, ob Lavendra oder Enid die Schuldige war.«

»Aber warum sollte der König dem Elfen Glauben schenken?« Mailin war noch immer nicht ganz überzeugt. »Wenn nur der Elf die Bilder sehen kann, wie können wir beweisen, dass er nicht lügt und sich alles nur ausdenkt, um Lavendra zu belasten?« Sie schüttelte betrübt den Kopf. »Ich fürchte, damit kommen wir auch nicht weiter.«

»Doch.« Fion ließ sich nicht beirren. »Wenn er in den Erinnerungen des Pferdes etwas entdeckt, das niemand wissen kann. Niemand außer Lavendra oder dem König. Wenn wir so etwas finden, dann haben wir gewonnen! So wie damals mit dem Mädchen, das tatsächlich gefunden wurde. Danach hat niemand mehr an der Fähigkeit des Elfs gezweifelt.«

»Aber was sollte das sein?«

»Keine Ahnung.« Fion zog bedauernd die Schultern hoch. »Dafür müsste man erst einmal die Gedanken des Pferdes lesen. Aber irgendetwas findet sich bestimmt, da bin ich ganz sicher.«

»Dann hätten wir ja nur noch ein winziges Problem. Das Pferd ist nicht hier, sondern bei den Menschen. Wir müssten es nur mal eben zurückentführen und alles wird gut.« Sie grinste schief. »Das ist doch nun wirklich ein Kinderspiel – oder?«

»Entschuldige, es war ja nur so ein Gedanke«, schmollte Fion. »Ich versuche doch nur dir zu helfen.«

»Das weiß ich.« Jetzt war es Mailin, die die Hand auf den Arm des Freundes legte. »Es klingt auch wirklich einleuchtend. Nur ist es eben furchtbar schwer, das wirklich in die Tat umzusetzen. Als ich das letzte Mal bei den Menschen war, hätte Lavendra mich fast erwischt! Ich muss sehr, sehr vorsichtig sein.«

»Damals hattest du aber noch keinen Freund, der dir

hilft.« Ein Lächeln huschte über Fions Gesicht und er ergriff ihre Hand. »Jetzt bist du nicht mehr allein, Mailin«, sagte er voller Wärme. »Ich finde es bewundernswert, was du für Shadow alles auf dich genommen hast. Und ich kann gut verstehen, dass du Enid beistehen möchtest. Ich werde dir dabei helfen. Zusammen schaffen wir es bestimmt, das Pferd zurückzubringen, ohne dass Lavendra etwas bemerkt. Alles, was wir brauchen, ist ein guter Plan.«

»Cool! Danke, Paps!« Julia sprang auf und schloss ihren Vater stürmisch in die Arme. »Du bist der beste Vater der Welt«, sagte sie mit einem glücklichen Lächeln und fügte mit einem Seitenblick auf ihre Mutter schnell hinzu: »Und du bist die beste Mutter der Welt.« Dann drückte sie ihrem Vater einen Kuss auf die Wange und stürmte mit den Worten »Das muss ich sofort Svea erzählen« in den Flur hinaus zum Telefon.

»Nicht so schnell. Wir müssen erst noch Susanne Meinert wegen Spikey fragen«, rief ihre Mutter ihr nach.

»Ach, die hat bestimmt nichts dagegen«, erklang Julias Stimme vom Flur, dann hörte man nur noch ein »Hallo Svea, ich . . .«, bevor sie die Wohnzimmertür hinter sich schloss, um ungestört zu telefonieren.

»Musstest du denn wirklich so schnell Ja sagen?«, richtete Annette Wiegand das Wort kopfschüttelnd an Julias Vater, als Julia es nicht mehr hören konnte. »Es gibt doch noch so viele Dinge zu klären. Wir haben keinen Pferdeanhänger. Wir wissen nicht einmal, ob Julia Spikey mit nach Selkau nehmen darf, und wir . . .«

»Du hast doch gehört, das klappt schon.« Martin Wiegand grinste schelmisch. »Warst du früher denn nie in einen Star verschossen?« Er zwinkerte seiner Frau zu.

»Natürlich war ich das.« Julias Mutter versuchte ernst zu bleiben. »Aber ich war nie so verrückt, meinen Idolen hinterherzulaufen.«

»Vermutlich, weil du damals keine Gelegenheit dazu hattest.«
»Ja, vermutlich.« Annette Wiegand schüttelte den Kopf. »Aber das war auch etwas ganz anderes. Die Sache mit den Westerntagen ist nicht an einem Tag erledigt. Wenn die Mädchen beim Casting angenommen werden, haben auch wir eine ganze Menge zu tun.«
»Vielleicht bekommt Julia dann Freikarten für die Aufführung«, überlegte Julias Vater versonnen und ergriff die Hand seiner Frau, ohne weiter auf deren Einwände einzugehen. »Dann können wir unsere Tochter täglich bei der Aufführung bewundern.«
Julias Mutter lachte. »Du bist manchmal wirklich ein bisschen verrückt«, sagte sie seufzend. »Aber das habe ich ja gewusst.«
Eine Weile saßen die beiden schweigend beieinander. Durch die geschlossene Wohnzimmertür konnten sie Julias Stimme hören, die immer noch telefonierte.
»Die haben sich aber viel zu erzählen«, meinte Julias Vater schließlich.
»Das haben Mädchen immer.« Julias Mutter zwinkerte ihrem Mann lächelnd zu. »Besonders wenn es um Jungs geht.«
In diesem Augenblick ging die Tür auf.
»Spikey darf mit!«, verkündete Julia freudestrahlend. Mit dem Telefon in der einen Hand kam sie zurück ins Wohnzimmer und hielt mit der anderen das Mikrofon zu. »Das ist Frau Meinert«, sagte sie leise. »Ich habe sie angerufen und ihr schon von den Westerntagen in Selkau erzählt, aber sie möchte dich noch einmal sprechen.« Julia reichte ihrer Mutter das Telefon, doch diese

schüttelte den Kopf. »Dafür ist dein Vater zuständig«, erklärte sie und deutete nach rechts, wo Martin Wiegand im Sessel saß und erstaunt eine Augenbraue hob.

»Das könnte vielleicht klappen.« Mailin nickte bedächtig. Während der zunehmende Mond langsam auf seiner Himmelsbahn weitergezogen war und die Elfenpferde grasten oder schliefen, hatte sie mit Fion darüber gesprochen, was zu tun sei. Für beide gab es jetzt keinen Zweifel mehr daran, dass das Elfenpferd aus der Menschenwelt zurückgeholt werden musste. Je früher, desto besser. Lavendra stand zwar noch immer unter dem Zauber, mit dem Enid ihre Erinnerung getrübt hatte, aber es stand zu befürchten, dass die Wirkung nicht mehr lange anhielt. Am Hofe hieß es bereits, die Mondpriesterin befände sich auf dem Wege der Besserung, und Mailin fürchtete, dass sie die Lücken in ihrem Gedächtnis bald wieder geschlossen hatte.
»Ich reite sofort los«, sagte Mailin entschlossen und stand auf. »Du weißt, was du zu sagen hast, wenn die Wachablösung am Morgen kommt?«, vergewisserte sie sich noch einmal.
»Ich sage ihnen, dass du mit Gohin fortgeritten bist, um *Ninim* zu suchen, die sich in der Nacht mal wieder von der Herde fortgeschlichen hat.« Fion grinste. »Das ist

die perfekte Ausrede. Damit hast du genügend Zeit, um das Elfenpferd von den Menschen zurückzuholen.«

Mailin nickte. *Ninim* – Schneeblume, die junge weiße Stute, war unter den Pferdehütern wegen ihres Dickkopfs bekannt. Oft entfernte sie sich heimlich allein von der Herde und streifte dann so lange im Wald umher, bis die Pferdehüter sie wieder einfingen.

Es wäre also nicht ungewöhnlich, wenn Mailin auf der Suche nach Ninim für eine Weile vom Hofe des Elfenkönigs fern blieb – Mit dem Unterschied, dass sie die Stute diesmal selbst von der Herde trennen und mit in den Schweigewald nehmen würde.

»Ich hole Ninim und du Gohin.« Fion stand auf und griff nach einem der Halfter, die die Pferdehüter stets bei sich führten. »Wenn wir uns beeilen, kannst du den Schutz der Dunkelheit ausnutzen, um unbemerkt in den Schweigewald zu gelangen.«

»Das ist lieb von dir!« Mailin schenkte Fion ein dankbares Lächeln. Dann hob sie die dicke, gewebte Decke mit Bauchgurt vom Boden auf, die den Elfen als Sattel diente, und stieß den leisen Pfiff aus, der ihrem Pferd Gohin sagte, dass es Zeit zum Aufbruch war.

Der Pfiff war noch nicht verklungen, da kam Gohin schon den Hügel herauf. Mailin eilte ihm entgegen. »Hallo, mein Freund«, sagte sie liebevoll und strich ihm mit der Hand sanft über die Nüstern. »Zeit für einen kleinen Ausritt.«

Gohin schnaubte leise und erwiderte die Zärtlichkeit, indem er Mailin mehrmals mit den weichen Nüstern anstupste.

Gleich darauf kam Fion mit Ninim am Halfter von der

Weide herauf. Die kleine schneeweiße Stute schnaubte unwillig. Mit hängendem Kopf und schleppenden Schritten trottete sie hinter dem jungen Pferdehüter her, der sie offensichtlich aus dem Schlaf gerissen hatte.
»Hallo Schneeblume!« Mailin schlang die Arme um den Hals des Pferdes und schmiegte die Wange an dessen samtiges Fell. »Tut mir Leid, dass wir dich wecken mussten«, sagte sie bedauernd. »Aber es geht nicht anders.« Sie trat einen Schritt zurück, legte die Hand unter die Kinngrube der Stute und hob deren Kopf so weit an, dass sie Ninim in die Augen sehen konnte. »Wir drei machen jetzt einen Ausritt in den Wald«, erklärte sie dem Tier, obgleich sie wusste, dass es die Worte nicht wirklich verstand.
Ninim blinzelte und schnaubte leise.
»Sieht aus, als hätte sie verstanden.« Fion grinste und warf einen prüfenden Blick zum Himmel. »Du solltest jetzt besser losreiten«, sagte er und reichte Mailin die Wasserflasche und die Tasche mit dem Proviant. »Bis zum Schweigewald ist es noch weit. Du darfst keine Zeit verlieren.«
Mailin griff nach der Tasche, zögerte dann aber sich diese umzuhängen. »Das ist auch dein Proviant«, sagte sie. »Du ...«
»Mach dir um mich keine Sorgen.« Fion hielt lachend einen Apfel in die Höhe, den er zuvor aus der Tasche genommen hatte. »Ich werde schon nicht verhungern. Du hast die Vorräte viel nötiger als ich. Wer weiß, wie lange du fort sein wirst.«
»Danke!« Mailin lächelte. »Du bist der beste Freund, den man sich wünschen kann«, sagte sie, hängte sich die

Tasche um, befestigte den Wasserschlauch an einer ledernen Schlaufe der Satteldecke und schwang sich auf Gohins Rücken. »Danke«, sagte sie noch einmal zu Fion, als dieser ihr Ninims Halfter reichte, und fügte etwas leiser hinzu: »Ich kann noch immer nicht glauben, dass du mir hilfst.«

»So viel mehr als in den letzten Tagen ist es eigentlich nicht«, sagte Fion grinsend. »Nur dass ich endlich weiß, *warum* ich die Ausreden für dich erfinde und deine Arbeit erledige.«

»Nein, es ist sogar viel mehr.« Mailin wurde plötzlich sehr ernst. »Wenn jetzt etwas schief geht, wirst auch du bestraft werden.«

»Darüber mach dir keine Gedanken«, erwiderte Fion leichthin. »Es ist schließlich meine eigene Entscheidung gewesen, dir zu helfen – und ich tu es gern.« Er strich Gohin mit der flachen Hand über den Hals. »Und jetzt reite los, sonst wird es hell, ehe du den Schweigewald erreichst.«

»Wünsch mir Glück.« Mailin reicht Fion zum Abschied die Hand und bemühte sich zuversichtlich zu wirken. »Wir sehen uns in den Stallungen des Königs«, sagte sie mit fester Stimme, als könne gar nichts schief gehen. Dann schnalzte sie leise mit der Zunge und Gohin trabte an. Gefolgt von Ninim, die erstaunlich brav am Halfter neben dem Hengst hertrabte, hielt Mailin in westlicher Richtung auf die dunkle Silhouette des Waldes zu. Nur ein einziges Mal drehte sie sich um und winkte Fion zum Abschied zu, der allein auf dem Hügel zurückblieb und ihr nachschaute.

Die nächtlichen Schatten umfingen Mailin mit düsteren

Fingern, als sie in den Wald hineinritt, und die zarten Nebelgespinste, die sich in der feuchten Luft dicht über dem Boden gebildet hatten, trugen eine klamme Kühle in sich, die sie auf der Wiese nicht gespürt hatte.
Der Hufschlag der Pferde war auf dem weichen Boden kaum zu hören. Lautlos wie Geisterpferde bahnten sie sich auf den schmalen Pfaden einen Weg durch das Unterholz, während Mailin fröstelnd auf die Geräusche des schlafenden Waldes horchte. Das Rascheln und Piepsen der emsigen Nager, die auf dem laubbedeckten Boden nach Nahrung suchten, war in der windstillen Luft fast überdeutlich zu hören. Irgendwo röhrte kraftvoll ein Hirsch und der wiederkehrende Ruf eines fernen Käuzchens durchbrach hin und wieder die Stille. Fliegende Geschöpfe der Nacht durchschnitten mit lautlosem Flügelschlag die Luft. Auf der Suche nach Faltern und Insekten flogen sie oft nur wenige Handbreit an Mailin vorbei, aber sie verschwanden so schnell, wie sie gekommen waren, und nur selten gelang es ihr, einen Blick auf die nächtlichen Jäger zu erhaschen.
Mailin liebte es, nachts durch den Wald zu reiten, doch diesmal war sie viel zu sehr in Gedanken versunken, um sich an der verwunschenen Schönheit der Schatten und Nebel zu erfreuen.
Als sie gemeinsam mit Fion auf der Wiese gesessen und den Plan zur Befreiung des Elfenpferdes geschmiedet hatte, war ihr alles so leicht und unkompliziert vorgekommen, doch nun, da sie allein war, beschlichen sie Zweifel.
Wie konnte sie nur so sicher sein, dass Enid ihr das Tor zur Menschenwelt noch einmal öffnen würde?

Je länger Mailin darüber nachdachte, desto mehr wurde ihr bewusst, dass sie eigentlich gar keine Kenntnis davon hatte, wie Enid selbst über das Unrecht dachte, das man ihr angetan hatte.
Jetzt erst fiel ihr auf, dass sie niemals mehr als nur ein paar oberflächliche Worte mit Enid darüber gewechselt hatte. Bei all ihren Überlegungen war sie einfach davon ausgegangen, dass auch Enid sich nichts sehnlicher wünschte, als ihren rechtmäßigen Platz als Mondpriesterin wieder einzunehmen, und dass Lavendra endlich für ihr schändliches Verhalten bestraft wurde.
Aber war das wirklich so?
Hatte Enid das jemals so zu ihr gesagt?
Mailin überlegte angestrengt, fand aber keine Antwort. Die verbannte Priesterin schien sich mit ihrer Lage abgefunden zu haben und . . . Mailin überlief ein eisiger Schauer, als sie den Gedanken zu Ende führte . . . wollte inzwischen vielleicht gar nicht mehr an den Hof des Königs zurückkehren.
»Blödsinn!«, schalt Mailin sich selbst und schüttelte den Kopf. Sicher hatte Enid nach der langen Zeit nur die Hoffnung auf eine Rückkehr verloren und sich in ihr Schicksal gefügt.
Ja, so musste es sein. An etwas anderes wollte Mailin lieber nicht denken. Der schmale Pfad, der vom Auetal in Richtung des Schweigewaldes verlief, wurde langsam breiter, und sie ließ Gohin antraben. Geduckt und mit wehenden Haaren, preschte sie auf dem Rücken des weißen Hengstes durch den Wald und Ninim folgte gehorsam.
Im stetigen Wechsel von Licht und Schatten, Bäumen,

Sträuchern und kleinen nebelverhangenen Lichtungen, verrann die Zeit. Die beiden weißen Pferde waren ausgeruht und galoppierten so unermüdlich, wie es nur Elfenpferde können. Selbst Mailin war überrascht, als die ausgedehnte Wiese, an deren Westseite sich der Schweigewald als dunkler Streifen abzeichnete, unerwartet schnell vor ihr auftauchte.

Sie gab in den Zügeln nach und Gohin wurde langsamer. Er fiel vom Galopp in einen leichten Trab und schritt dann schnaubend auf die Wiese hinaus, während Mailin von seinem Rücken aus angestrengt vorausspähte.

Sie war nicht zum ersten Mal hier und kannte die Umgebung auf dieser Seite des Schweigewaldes inzwischen sehr genau. In den vergangenen Tagen war es ihr schon ein paar Mal gelungen, die beiden Posten zu überlisten, die das ausgedehnte Waldgebiet bewachten. Beim letzten Mal, als Enid Julias gebrochenen Arm geheilt hatte, war es allerdings sehr brenzlig gewesen. Die Wachtposten hatten sie an Enids Hütte erwischt und sie war einer Bestrafung nur um Haaresbreite entgangen. Nach diesem Vorfall war es gut möglich, dass die Wachen noch aufmerksamer waren als zuvor.

Mailin ließ die Pferde anhalten, um ihnen einen kurzen Augenblick Ruhe zu gönnen, doch ein rascher Blick zum Himmel, der weit im Osten bereits erste zarte Streifen in Rosa und Hellgrau zeigte, mahnte sie zur Eile.

Zum Nachdenken blieb keine Zeit. Das Tor zur Welt der Menschen konnte ihr nur Enid öffnen, aber dazu musste sie zunächst unbemerkt in den Wald gelangen.

Ferienpläne

»Und wann soll dieses Casting sein?« Nicht die kleinste Regung in Frau Dellers Gesicht verriet, wie sie über die Pläne der beiden Mädchen dachte, die vor ein paar Minuten mit hochroten Köpfen in ihr Büro gestürzt waren und sie mit ziemlich verworrenen Sätzen darum baten, ihnen einen Pferdeanhänger auszuleihen.
»In zehn Tagen.« Svea war noch immer ganz außer Atem. Obwohl Julia von ihren Eltern längst die Erlaubnis bekommen hatte und Sveas Tante in Selkau den Mädchen sofort die Übernachtung zugesichert hatte, hatte es noch ein paar Tage gedauert, bis auch Svea von ihren Eltern endlich die Zustimmung bekommen hatte, am Casting in Selkau teilzunehmen.
Nun hatten die beiden Mädchen es furchtbar eilig, alles Nötige zu organisieren, damit ihren Plänen auch wirklich nichts mehr im Wege stand. Im Eiltempo waren sie gleich nach der Schule mit ihren Fahrrädern zur Danauer Mühle gesaust, um Frau Deller nach einem Anhänger für die Pferde zu fragen und die Erlaubnis zu bekommen, dass Svea Yasmin bei dem Casting und, wenn alles gut verlief, auch bei den Aufführungen reiten dürfe.
»Das ist ja mitten in den Frühjahrsferien.« Frau Deller blätterte in ihrem Terminkalender. »Gleich der erste Sonntag.« Sie machte ein nachdenkliches Gesicht und suchte etwas in ihren Unterlagen. »Hm, das sieht schlecht aus«, murmelte sie kopfschüttelnd und zog ein

grünes Blatt Papier hervor. »An dem Tag hat unsere Fanfarengruppe einen Auftritt bei der *Nordic Horse Show* in Argemünde.«

»Oh nein!« Svea ließ sich auf einen Stuhl sinken. »Nun habe ich meine Eltern so lange bearbeitet und dann klappt es nicht, weil wir keinen Anhänger für die Pferde haben.« Sie schüttelte enttäuscht den Kopf. »Das ist doch wirklich . . .«

»Warte, warte. Nicht so hastig.« Ohne von den Unterlagen aufzusehen, in denen sie gerade nach etwas suchte, nahm Frau Deller einen Zettel zur Hand, überflog ihn prüfend, legte das Blatt zur Seite und schaute Svea an. »Da habt ihr aber Glück«, meinte sie lächelnd. »Für den Auftritt haben sich nur acht der zehn Fanfarenreiter gemeldet. Ein Hänger für zwei Pferde ist also noch frei.« Sie runzelte die Stirn. »Aber eine von euch dreien muss dennoch zu Hause bleiben. Es sei denn, ihr findet privat noch einen anderen Pferdeanhänger.«

»Von uns dreien?« Svea wechselte einen erstaunten Blick mit Julia. »Wie kommen Sie denn darauf, dass wir zu dritt . . .? Ach so, Carolin.« Endlich begriff sie, was die Besitzerin des Reiterhofs meinte. »Die will nicht mit.«

»Nanu?« Frau Deller maß Svea mit einem forschenden Blick. »Das ist ja ganz neu. Ihr drei seid doch immer unzertrennlich gewesen. Gab es Streit?«

»Nee.« Svea schüttelte den Kopf. »Carolin ist . . . sie hat . . .«

»Carolin hat einen Freund«, kam Julia ihrer Freundin zu Hilfe. »Sie ist zurzeit furchtbar beschäftigt.«

»Ach, so ist das.« Frau Deller nickte verständnisvoll.

»Jetzt verstehe ich auch, warum ich sie in letzter Zeit so selten hier gesehen habe.« Sie klappte ihren Terminplaner zu und sah Julia an. »Nun, dann ist ja alles klar. Wenn ihr wollt, könnt ihr den Anhänger haben. Yasmin darf natürlich auch mit. So ganz neu ist das für sie übrigens nicht. Vor zehn Jahren hat sie schon einmal bei den Westerntagen in Selkau mitgemacht.«

»Wirklich?« Svea staunte. »Na, wenn das kein gutes Omen ist«, sagte sie grinsend, stand auf und ging zur Tür. »Vielen Dank«, sagte sie, an Frau Deller gewandt. »Es ist wirklich super von Ihnen, dass Sie uns helfen.«

Eine halbe Stunde später standen Yasmin und Spikey fertig gesattelt und aufgezäumt am Viereck und warteten darauf, dass der Ausritt begann.

Auch Julia wartete. Svea war »nur noch mal schnell« zur Toilette gegangen, doch von »schnell« konnte inzwischen wirklich nicht mehr die Rede sein. Ungeduldig schaute Julia auf die Armbanduhr. Jetzt war Svea schon fast zehn Minuten fort. Julia seufzte. Das fing ja gut an. Aber gerade als sie losgehen wollte, um nachzusehen, wo Svea steckte, sah sie Moni an der Seite von Anita aus dem Privatstall kommen. Die beiden unterhielten sich angeregt, waren aber zu weit weg, als dass Julia die Worte hätte verstehen können.

Moni und Anita? Julia traute ihren Augen nicht. Das war doch nicht möglich. Wieso gab Anita sich plötzlich mit *gewöhnlichen* Reiterhofmädchen ab, für die sie sonst nur spöttische Bemerkungen übrig hatte? Die Sechzehnjährige mit dem adeligen Nachnamen »von der Heyde« war unter den Reiterhofmädchen nicht gerade beliebt. Anita war arrogant und hochnäsig und hatte ein großes Talent, andere zu kränken, das sie geschickt einzusetzen wusste. Schon mit vierzehn Jahren war sie Junioren-Landesmeisterin im Dressurreiten geworden und hatte seitdem schon viele weitere Titel errungen. Eines Tages, das betonte sie immer wieder, würde sie auch an den Olympischen Spielen teilnehmen.

Ihre »White Lady« war aber auch ein außergewöhnliches Pferd. Die Stute war so gelehrig und intelligent wie kein anderes Tier und manchmal hatte es fast den Anschein, als wisse sie auch ohne Anitas Befehle, was sie tun sollte. »White Lady« galt in Fachkreisen als »Wunderpferd«, und auch damit gab Anita mächtig an.

In diesem Augenblick verabschiedete sich Moni von Anita und kam auf Julia zu. »Hallo Julia«, sagte sie fröhlich und strich Spikey über die Mähne. »Willst du mit Svea ausreiten?«

»Ja, eigentlich wollten wir das.« Julia gab sich keine Mühe, ihren Ärger über Sveas Unzuverlässigkeit vor Moni zu verbergen. »Wenn die Gute sich endlich bequemt wieder aufzutauchen.«

»Wo ist sie denn hin?«, wollte Moni wissen.

»Zur Toilette. Schon vor über zehn Minuten.«

»Oh, dann kann es noch dauern.« Moni grinste.

»Warum?« Julia konnte sich nicht vorstellen, was daran so lustig ein sollte.

»Weil Kira, die kleine Nichte von Frau Deller, sich in der Toilette eingesperrt hat«, erklärte Moni. »Ich habe es gerade gehört, als ich mit Anita bei White Lady war. Carmen und Sonja haben sich im Privatstall köstlich darüber amüsiert. Die Kleine hat wohl von innen abgeschlossen und den Schlüssel herausgezogen. Nun weiß sie nicht mehr, wie sie aufschließen soll. Christina sagt, Frau Deller sitzt vor der Tür und versucht die Kleine zu beruhigen.«

»Arme Kira«, sagte Julia betroffen. Unweigerlich musste sie daran denken, wie sie sich als Fünfjährige im Gartenschuppen ihres Opas eingeschlossen hatte. Sie konnte sich noch gut daran erinnern, welche Ängste sie damals ausgestanden hatte, bis ihr Großvater sie schließlich befreit hatte. »Braucht Frau Deller Hilfe?«

Moni schüttelte den Kopf. »Da sind schon jede Menge Mädchen vor der Toilettentür versammelt. Außerdem ist Kira nicht dumm. Irgendwann wird sie es schon hinkriegen.«

»Na hoffentlich ist es bis dahin nicht dunkel.« Julia seufzte. Dann sah sie Moni neugierig an. »Sag mal, was hast du eigentlich mit Anita im Privatstall gemacht?«, fragte sie. »Die spricht doch sonst nie mit dir.«

»Ach, das war rein geschäftlich«, sagte Moni. »Anita will in den Frühjahrsferien mit Till, ihrem neuen Freund – du weißt schon, dieser stinkreiche Blonde – für zwei Wochen zum Schifahren in die Schweiz. Ihre Eltern relaxen derweil irgendwo in der Karibik. Nun sucht sie dringend nach jemandem, der sich in dieser Zeit um White Lady kümmert. Aber die meisten haben in den Ferien schon etwas vor – außer mir.«

»Du darfst White Lady reiten?« Julia traute ihren Ohren nicht. Ausgerechnet Moni, die nie für etwas Zeit hatte und immer in Eile war, sollte sich zwei Wochen lang um das wertvollste Pferd auf der Danauer Mühle

kümmern? Das war geradezu unglaublich. »Wie kommst du denn dazu?«
»Das war Zufall. Meine Mutter ist Frisöse und schneidet Anitas Mutter manchmal die Haare. Dabei hat Frau von der Heyde ihr erzählt, wie schwer es ist, in den Ferien jemanden für White Lady zu finden. Mum dachte natürlich sofort an mich und hat mir den Job vermittelt.« Sie trat etwas dichter an Julia heran und flüsterte: »Der Job ist echt gut bezahlt. Wenn alles so läuft, wie ich es mir vorstelle, kann ich mir nach den Ferien endlich die Tennisausrüstung kaufen, auf die ich schon so lange spare.«
»Anita war sicher begeistert, als sie gehört hat, dass du dich in den zwei Wochen um White Lady kümmerst.« Julias Tonfall ließ keinen Zweifel daran, dass sie genau das Gegenteil meinte.
»Hm, ob sie begeistert war, weiß ich nicht.« Moni schien die Ironie in Julias Worten gar nicht zu bemerken: »Aber ich habe den Job bekommen. Anita hat mir gerade ein paar Anweisungen zur Fellpflege gegeben. Morgen komme ich zwischen Tennis und Klavierspielen dann noch mal her und sie erklärt mir, wie ich das Futter zusammenstellen muss.« Moni warf einen Blick auf ihre Armbanduhr. »Mist, wo bleibt denn nur meine Mutter?«, sagte sie ungeduldig. »In einer halben Stunde muss ich beim Aquarellmalen sein, aber vorher muss ich noch . . .«
Jetzt war das Knirschen von Autoreifen zu hören und Moni schaute sich um. »Da ist sie ja endlich«, rief sie erleichtert aus. »Tschau Julia, vielleicht sehen wir uns ja morgen.« Dann sauste sie auch schon los.

»Tschau, Moni«, murmelte Julia, die gerade ein paar Strohreste aus Spikeys Mähne fischte. Als sie aufblickte, sah sie gerade noch, wie Moni in den Wagen stieg. Der silbergraue Van wendete, fuhr langsam die Auffahrt hinauf und war gleich darauf nicht mehr zu sehen.

»Oh Mann, was für eine Aufregung.« Mit der Reiterkappe unter dem Arm kam Svea über den Hofplatz gelaufen. »Tut mir echt Leid, dass es so lange gedauert hat«, entschuldigte sie sich. »Aber . . .«

»Kira hatte sich auf der Toilette eingeschlossen und konnte nicht mehr allein hinaus«, beendete Julia den Satz für ihre Freundin.

»Woher weißt du das?«, fragte Svea.

»Von Moni.«

»Moni?" Svea blickte sich suchend um. »Die habe ich heute noch gar nicht gesehen.«

»Sie war auch nur kurz hier und ist schon wieder weg – zum Aquarellmalen.« Julia nahm ihre Reiterkappe, die sie auf einem Zaunpfahl am Viereck abgelegt hatte, zur Hand und schaute Svea geheimnisvoll an. »Ich wette, du errätst nicht, was sie hier gemacht hat.«

Unerwartete Schwierigkeiten

»Heilige Mutter Mongruad!« Fassungslos starrte Mailin auf die schillernden, spinnwebfeinen Fäden aus violettem Licht, die an den äußeren Bäumen des Schweigewaldes entlangliefen, so weit das Auge reichte.
Was mochte das sein?
Nur wenige Schritte vom Waldrand entfernt, ließ sie die beiden Pferde anhalten und schaute nachdenklich auf das nahe Dickicht.
Was nun? Auf Mailins Stirn zeigte sich eine winzige, steile Falte. Nie zuvor hatte sie etwas Ähnliches gesehen. Sie wusste nicht, was es war, aber die Art, wie die Fäden den Wald umspannten, erinnerte sie auf unangenehme Weise an einen Zaun – einen magischen Zaun.
Einen Zaun hatte es hier vor wenigen Tagen noch nicht gegeben. Mailin seufzte. Wenn die leuchtenden Fäden wirklich dazu dienten, Unbefugte am Betreten des Schweigewaldes zu hindern, war ihr Plan, das Elfenpferd aus der Welt der Menschen zu holen, in großer Gefahr. Die beiden Wachen hätte sie vielleicht überwinden können, aber gegen Magie war sie machtlos.
Wer immer diesen Zaum geschaffen hatte – und Mailin zweifelte nicht eine Sekunde daran, dass er Lavendras Werk war –, hatte ganze Arbeit geleistet. Der Schweigewald war nun endgültig zu dem geworden, was er sein sollte: ein einsames Gefängnis.

»Ach, Gohin«, flüsterte Mailin und legte den Kopf auf die weiche Mähne des Hengstes. »Was sollen wir denn jetzt nur tun?«
Wie zur Antwort hob Gohin den Kopf, spitzte die Ohren und blickte aufmerksam lauschend nach Süden. Dabei schnaubte er unruhig.
»Was hörst du?« Mailin richtete sich wieder auf und blickte ebenfalls nach Süden. Doch obwohl sie wie alle Elfen in der Dunkelheit gut sah, konnte sie nichts Ungewöhnliches entdecken. »Sind es die Wachen?«
Gohin schnaubte. Mailin spürte deutlich, wie nervös er war. Sein weißes Fell zuckte und er scharrte unruhig mit dem Huf auf der Erde, während er lauschte.
»Es kommt jemand.« Mailin war sich ganz sicher. So verhielt Gohin sich nur, wenn Gefahr drohte.
Wieder schnaubte der Hengst leise.
Die junge Pferdehüterin ließ die Pferde wenden und blickte sich um. Dünne Nebelschwaden hingen träge über den langen, taufeuchten Halmen und ihr dunstiger Schleier trübte die Sicht. Aber im Osten wurde es bereits hell. Die Vorboten der aufgehenden Sonne breiteten ein sanftes Dämmerlicht über die Wiese und die nächtlichen Schatten flohen nach Westen, während ein erster Vogel seine helle Stimme über die Stille erhob.
Es war einer jener verwunschenen Augenblicke zwischen Tag und Nacht, die Mailin besonders liebte, doch diesmal hatte sie keine Zeit, die Schönheit des erwachenden Morgens zu genießen. Sie suchte nach einem Versteck.
Die Wiese mit ihren sanften Hügeln und flachen Mulden bot ihr kaum Deckung, doch ein kleiner Hain aus

dornigem Gestrüpp und schlanken Bäumen, der sich ganz in der Nähe als dunkler Umriss über der Wiese erhob, verhieß Schutz vor unerwünschten Blicken.

Mailin schnalzte leise mit der Zunge, nahm die Zügel fester in die Hand und ließ Gohin antraben.

Bald darauf erreichte sie den Hain und suchte nach einer Möglichkeit, hineinzugelangen, im ersten Moment sah es jedoch so aus, als gäbe es keine. Die mannshohen, dornigen Ranken schienen überall zu sein und bildeten zusammen mit den Büschen ein undurchdringliches Gewirr aus Dornen und Ästen. Erst als sie den Hain zur Hälfte umrundet hatte, entdeckte Mailin eine große Lücke im Unterholz, die selbst die Pferde mühelos passieren konnten.

Ein perfektes Versteck.

So weit es ging, führte sie die Tiere in das grüne Dickicht hinein und band sie locker an einem armdicken Ast fest. »Ich gehe zum Waldrand«, flüsterte sie ihnen zu. »Ihr müsst ganz leise sein! Kein Schnauben und kein Wiehern, während ich fort bin – verstanden?« Gohin hob den Kopf und deutete ein Nicken an.

Mailin lächelte und strich ihm liebevoll über die Nüstern, dann wandte sie sich an Ninim. »Und was ist mit dir?«, fragte sie.

Aber die Stute zeigte keine Regung. Nicht die geringste Bewegung ließ darauf schließen, ob sie Mailins Ermahnung gehört hatte. Scheinbar unbeeindruckt von der Anspannung des Elfenmädchens, rupfte sie büschelweise frisches Grün vom Boden und tat, als gäbe es nichts Wichtigeres als zu fressen.

»Also gut.« Mailin seufzte. »Aber mach keine Dummheiten. Ich bin gleich wieder da!« Mit diesen Worten wandte sie sich um und eilte den Weg zurück, den sie gekommen war.

Sie hatte das Ende der Wiese fast erreicht, als hinter einer Biegung am Waldrand zwei Reiter auftauchten. Die auffällige weinrote Kleidung war in der Dämmerung gut zu erkennen und ließ keine Zweifel daran aufkommen, dass es sich um Angehörige der königlichen Wache handelte.

Die Wachen!

Langsam ritten sie im Schatten der Bäume dahin und hielten schließlich inne, um die Pferde grasen zu lassen. Dabei unterhielten sie sich leise. Mailin war zu weit weg, um zu verstehen zu können, worüber die beiden sprachen, doch es hatte ganz den Anschein, als ob sie auf etwas warteten.

Plötzlich schallte ein Hornsignal über die Wiese und Mailin spürte, wie der Boden unter dem Hufschlag galoppierender Pferde erbebte. Gleich darauf entdeckte sie zwei weitere Reiter, die sich dem Schweigewald schnell aus östlicher Richtung näherten.

Die Wachablösung!

Endlich wusste Mailin, was hier geschah.

Die beiden Reiter schlossen zu den Wartenden auf, grüßten und wechselten ein paar Worte mit ihnen. Einer der nächtlichen Wachtposten deutete auf den Schweigewald und gestikulierte mit der Hand, als ob er den Hinzugekommenen etwas erklärte. Dabei zog er etwas aus der Tasche seines Gewandes hervor und gab es an einen Krieger der Wachablösung weiter. Es wurden noch ein paar Worte gewechselt, dann galoppierten die beiden

abgelösten Wachen in Richtung des königlichen Hofes davon.
Mit angehaltenem Atem horchte Mailin darauf, wie der Hufschlag der Pferde verklang, ließ die beiden verbliebenen Wachen aber nicht aus den Augen. Die beiden unterhielten sich angeregt, während sie auf ihren Schimmeln langsam immer näher kamen. Schließlich waren sie so weit heran, dass Mailin ihre Worte verstehen konnte.
»Hast du begriffen, wie dieser Stein wirkt?«, hörte sie den einen Wachtposten fragen und sah, wie er auf die Hand seines Kameraden deutete.
»Nicht ganz«, gab dieser zu. »Nur so viel, dass dieses Ding«, er hob eine glänzende Kugel in die Höhe, »uns anzeigt, wenn ein Elf die magische Sperre des Schweigewaldes zu durchdringen versucht. Bei Tieren hingegen bleibt es unverändert.« Er lachte und fügte hinzu: »Sonst müssten wir ja jedem Hasen hinterherjagen, der den Schweigewald betritt.« Er legte die Stirn in Falten und schien etwas zu überlegen. Dann hellte sich seine Miene plötzlich auf. »Das Beste wird sein, wenn wir es einmal ausprobieren«, erklärte er mit fester Stimme. »Dann wissen wir, wie es funktioniert.«
»Ausprobieren?«, fragte der zweite Wächter verständnislos.
Doch sein Kamerad schien keine Lust auf lange Erklärungen zu haben. »Steig ab!«, befahl er knapp.
»Absteigen?«
»Ja, nun mach schon.«
Gebannt verfolgte Mailin, wie der Posten abstieg. Nachdem er vom Pferd gestiegen war, gab der andere

dem Tier einen kräftigen Klaps auf das Hinterteil und rief: »Lauf!«
Das weiße Elfenpferd wieherte erschrocken und setzte sich in Bewegung. Mit weit ausgreifenden Schritten preschte es auf den Schweigewald zu, durchbrach das Gespinst der violett leuchtenden Fäden und verschwand zwischen den Bäumen.
»Siehst du, sie hat sich nicht verändert.« Der Wachtposten hielt seinem Kameraden eine glänzende Kugel hin. »Es ist genau, wie Lavendra gesagt hat«, stellte er fest. »Für Tiere ist das magische Netz kein Hindernis.« Er bedachte seinen Kameraden mit einem kurzen Blick. »Und jetzt du!«
»Ich?« Der Angesprochene wich entsetzt einen Schritt zurück. »Aber ich . . . ich . . .«, stammelte er und fragte dann: »Warum gehst du nicht selbst?«
»Weil ich hier die Befehle gebe«, erwiderte der andere kalt. »Und das ist ein Befehl!«
Mailin wagte nicht sich zu bewegen. Mit angehaltenem Atem beobachtete sie, wie der Elf, dessen Pferd bereits in den Schweigewald gelaufen war, langsam auf das Dickicht am Waldrand zuschritt.
Inzwischen war es hell geworden. Es wurde wärmer. Die Nebelschwaden über der Wiese lösten sich langsam auf und ringsumher erwachte der Tag zu neuem Leben. Das magische Netz, das in der Dunkelheit violett geschimmert hatte, war fast nicht mehr zu sehen.
Zögernd, fast ängstlich schritt der Elf darauf zu. Je näher er dem Waldrand kam, desto kürzer wurden seine Schritte. Furcht sprach aus jeder seiner Bewegungen.

Unmittelbar vor dem Dickicht hielt er kurz inne und streckte die Hand zögernd nach einem der Büsche aus. Dann ging alles sehr schnell.
Kaum dass der Elf das unsichtbare Netz berührte, wurde die Luft von einem seltsamen Knistern erfüllt, während die magischen Fäden rings um den Elfen herum in einem grellen Violett erglühten. Zuckende Blitze lösten sich von allen Seiten, fuhren auf ihn herab und hüllten ihn ein. Für wenige Augenblicke stand er wie erstarrt, gefangen in einem Netz aus gleißender Magie, dann sank er besinnungslos zu Boden.
Mailin fühlte sich wie gelähmt.
Zu spät, zu spät ... wisperte eine hämische Stimme in ihren Gedanken und ihre Augen füllten sich mit Tränen. Sie würde den Schweigewald niemals wieder betreten können. Der Plan, den sie mit Fion erdacht hatte, war gescheitert, ehe sie ihn überhaupt begonnen hatte.
Warum hatte sie nur so lange gewartet? Warum hatte sie das Elfenpferd nicht schon bei ihrem letzten Besuch in der Welt der Menschen zurückgeholt? Warum war sie nur so entsetzlich zögerlich gewesen? Dreimal schon hätte sie die Möglichkeit gehabt, das Unrecht, das man Enid angetan hatte, wieder gutzumachen. Dreimal wäre es ihr möglich gewesen, Lavendras dunkle Machenschaften aufzudecken. Aber sie hatte die Gelegenheiten, die sich ihr geboten hatten, nicht genutzt – und jetzt war es zu spät.

Zoff im Stall

Als Julia erwachte, war es hell.
In den Zweigen des Apfelbaums vor dem Fenster schmetterte ein Buchfink lautstark sein Lied in die morgendliche Stille und die Sonne warf einen dünnen Lichtstreif zwischen den dunklen Vorhängen hindurch auf den Teppich.
Im Haus war es still. Julia gähnte, drehte sich um und schaute auf ihren Radiowecker. Die LCD-Anzeige zeigte neun Uhr.
Blinzelnd ließ sie sich auf ihr Kissen zurücksinken und schloss noch einmal die Augen. Es gab keinen Grund, in Hektik zu verfallen. Sie war mit Svea erst um elf Uhr zur »Generalprobe« auf dem Reiterhof verabredet. Wie schon in den vergangenen Tagen wollten sie auch heute zusammen einen Ausritt machen, um dort, wo sie niemand sehen konnte, mit den Pferden noch einmal ein gewagtes und sehr schwieriges Kunststück zu üben, an dem sie sich schon die ganze Woche vergeblich versucht hatten. Es bestand darin, im Trab neben dem Pony herzulaufen, sich mit den Händen am Knauf des Westernsattels festzuhalten und vom Boden aus in den Sattel zu schwingen.
»Ich glaube, das schaffe ich nie!« Julia gähnte, streckte sich und zog sich die Decke bis zum Kinn. Nur noch zwei Tage. Sie spürte, wie ihr Herz vor Aufregung

schneller pochte. Übermorgen fand endlich das Casting in Selkau statt.
Weder Svea noch sie hatten eine Ahnung, worauf es bei einem Casting für Reiterstatisten ankam, aber gerade deshalb hielt Svea das Stunt-Training, wie sie es nannte, für überaus wichtig. Sie hatte die Westerntage schon oft besucht und konnte sich noch gut daran erinnern, was die Reiter dort an Kunststücken vorgeführt hatten. Deshalb hatte sie ein Trainingsprogramm mit zum Teil waghalsigen Stunts zusammengestellt, von denen sie glaubte, dass ein Reiterstatist sie unbedingt beherrschen müsse.
Julia schmunzelte. Svea war wirklich mit Feuereifer bei der Sache. Fast ein wenig zu ehrgeizig, wie Julia fand. Verbissen arbeitete ihre Freundin daran, jedes Kunststück so perfekt zu beherrschen, als wolle sie damit im Zirkus auftreten, und ging wie selbstverständlich davon aus, dass Julia alles mitmachte.
Sich im Galopp seitlich aus dem Sattel zu hängen, um etwas von einem Baumstamm aufzuheben, war noch eine der leichteren Übungen, die sie sich ausgedacht hatte. Gestern – Julia schüttelte bei dem Gedanken an den vergangenen Nachmittag verständnislos den Kopf – gestern hatte sie Svea nur mit allergrößter Mühe davon abbringen können, den Fuß in den Steigbügel zu klemmen und sich von Yasmin über den Boden schleifen zu lassen.
Svea war darüber sehr wütend gewesen und hatte Julia in vollem Ernst erklärte, dass so etwas während der Aufführungen bei den Westerntagen ständig vorkäme.
Erst als Julia ihr erklärte, dass sie wohl kaum am Casting teilnehmen könne, wenn sie sich schon beim Training

den Fuß brach, hatte sie die verrückte Idee endlich aufgegeben.
Was sie sich wohl für heute vorgenommen hat?, überlegte Julia. Die Hände hinter dem Kopf verschränkt, schaute sie zur Zimmerdecke empor und genoss noch ein wenig die behagliche Wärme des Bettes und die Ruhe im Haus.
Ferien waren schon eine tolle Erfindung. Abends lange aufbleiben und morgens schlafen, solange man wollte. Da störte es auch gar nicht, dass ihre Mutter inzwischen wieder halbtags arbeitete und erst um zwei Uhr am Nachmittag heimkam. Julia kam auch sehr gut allein zurecht. Mit vierzehn fühlte sie sich erwachsen genug, um auf sich selbst aufzupassen. In diesen Ferien war sie ohnehin kaum zu Hause, weil sie fast den ganzen Tag auf der Danauer Mühle verbrachte.
Die angeblichen Ausritte, die sie in Frau Dellers Liste eintrugen, führten meistens nur zu einer nahe gelegenen Wiese, die von Hecken geschützt, von der Straße aus nicht einzusehen war.
Vom ersten Ferientag an hatte sie mit Svea dort heimlich trainiert.
Heimlich.
Das Wort gefiel Julia gar nicht. Sie tat nur ungern etwas heimlich. Seit sie sich den Arm gebrochen hatte und Mailin in die Elfenwelt gefolgt war, um ihn dort von Enid heilen zu lassen, wusste sie ein Leben ohne Heimlichkeiten und Gefahren sehr zu schätzen.
Damals wäre sie fast der heimtückischen Mondpriesterin Lavendra in die Hände gefallen und vermutlich niemals wieder nach Hause gekommen.

Das Abenteuer war noch einmal gut ausgegangen, aber seitdem hegte Julia eine gewisse Abneigung gegen Heimlichkeiten. Diesmal ließ es sich allerdings nicht vermeiden.
Wenn Frau Deller erfuhr, dass sie und Svea, anstatt auszureiten, waghalsige Kunststücke auf den Ponys probierten, wäre es mit dem zugesagten Pferdeanhänger bestimmt aus. Andererseits würden sie im Casting vermutlich keine gute Figur abgeben, wenn sie nicht übten.
Dass sie bisher niemand erwischt hatte, war allerdings auch kein Wunder. Die Danauer Mühle wirkte in diesen Frühjahrsferien so ausgestorben, wie Julia es noch nie erlebt hatte. Erstaunlich viele Familien nutzten die schulfreien Tage für einen kurzen Schiurlaub oder Reisen in die Sonne, und eine Grippewelle fesselte zudem viele der verbliebenen Reiterhofmädchen ans Bett. Das hatte zur Folge, dass Frau Deller, die normalerweise gar nicht so viel Arbeit wie hilfsbereite Mädchen hatte, kaum noch Helfer fand, die sich um die Pferde und Ponys auf dem Reiterhof kümmerten. Das wiederum führte dazu, dass Svea und Julia nach den Ausritten meist noch ein paar Stunden in den Ställen verbrachten, um auszumisten oder die Tiere zu versorgen.
Sieht aus, als gäbe es heute schönes Wetter, überlegte Julia mit einem Blick auf den dünnen, sonnigen Streifen, der inzwischen schon ein ganzes Stück über den Teppich gewandert war. Wenn ich etwas früher zum Reiterhof fahre, könnte ich die Ponys noch auf die Hauskoppel lassen, überlegte sie.
Entschlossen schlug sie die Decke zurück und schlüpfte

aus dem Bett. Als sie die Vorhänge zur Seite zog, zeigte sich der Tag tatsächlich so schön, wie es der dünne Sonnenstrahl versprochen hatte. Der Himmel war wolkenlos und kein Lüftchen regte sich.

Auf den schattigen Stellen des Rasens war noch Raureif zu sehen, aber die Sonne hatte schon viel Kraft und wärmte Julias Gesicht. Sie öffnete das Fenster einen Spalt weit und atmete die frische Frühlingsluft tief ein. Was für ein schöner Tag für einen Ausritt.

Gut gelaunt zog sie sich an und lief hinunter in die Küche, um zu frühstücken. Im Flur hing noch der Geruch von Mutters Kaffee und dem neuen Aftershave ihres Vaters. Der Kaffeeduft begleitete sie in die Küche, wo sie auf der Arbeitsplatte zwei frisch aufgebackene Brötchen und einen Zettel vorfand.

»Muss heute Nachmittag zum Zahnarzt und komme etwas später. Pizza ist in der Kühltruhe. Bussi, Mama«, stand dort in geschwungener Handschrift zu lesen.

Zahnarzt, dachte Julia, während sie Butter, Marmelade und Milch aus dem Kühlschrank holte. Schon seit zwei Tagen klagte ihre Mutter über Zahnschmerzen, aber nun war es scheinbar so schlimm geworden, dass sich ein Besuch beim Zahnarzt nicht mehr vermeiden ließ.

Julia warf den Zettel fort und riss einen neuen vom Notizblock ab. Während sie im Stehen ihr Marmeladenbrötchen verzehrte, notierte sie kurz eine Nachricht für ihre Mutter:

»Bin bis 18.00 Uhr auf der Danauer Mühle – Pizza kann warten.« Dahinter zeichnete sie ein lachendes Smilie, wie sie es häufig für SMS verwendete, und legte den Kugelschreiber fort. Mit der Brötchenhälfte in der Hand

ging sie ins Wohnzimmer und schaltete den Fernseher ein, in der Hoffnung, irgendwo einen Ausblick auf das Wochenendwetter zu bekommen.
Eine Weile zappte sie durch die Programme, dann fand sie den Nachrichtensender, auf dem ihr Vater immer die neusten Börsenmeldungen verfolgte. Hier lief gerade das Newsmagazin, das gegen Ende immer einen ausführlichen Wetterbericht brachte. Die Zeit reichte gerade noch, um sich das Milchglas aus der Küche zu holen, da erschien auch schon die Wetterkarte auf dem Bildschirm. Über Norddeutschland erstrahlte eine wolkenlose Sonne. Es würde ein sonniger, aber kühler Tag werden.
Dann kam die Vorhersage für das Wochenende: »... Am Samstag zieht ein Tiefausläufer von der Nordsee heran und bringt dem Norden zum Teil lange anhaltenden Regen mit stürmischen Böen ...«
Na klasse!
Julia schaltete den Fernseher aus. Regen war nun wirklich das Allerletzte, das sie in Selkau gebrauchen konnten. Missmutig ging sie zurück in die Küche, um sich etwas Verpflegung für den langen Tag auf dem Reiterhof in den Rucksack zu packen: das zweite Brötchen mit Käse belegt, eine Flasche mit Saft, eine Packung mit Schokokeksen und einen Apfel, den sie sich wie immer mit Spikey teilen würde. Vermutlich würde Frau Deller ihrem fleißigen »Katastrophenteam«, wie sie die wenigen verbliebenen Helfer auf der Danauer Mühle augenzwinkernd nannte, am Nachmittag wieder einen selbst gebackenen Kuchen spendieren.

Zehn Minuten später radelte Julia den scheinbar endlos ansteigenden Hügel von Neu-Horsterfelde zur Danauer Mühle hinauf. Sie hasste diesen Teil der Strecke. Der Weg zum Reiterhof war jedes Mal eine elende Schinderei. Obwohl es kaum zehn Grad warm war, kam Julia mächtig ins Schwitzen. Die kalte Luft schmerzte ihr in den Lungen und ihr Herz hämmerte wie wild. Oben angekommen, hielt sie an, um sich ein wenig auszuruhen, und schaute sich um. Es war nicht viel los an diesem Donnerstagmorgen. Die Straße war wie leer gefegt und in den Gärten der wenigen Häuser war niemand zu sehen. In der Ferne verteilte ein roter Traktor gerade Dünger über die jungen Pflanzen eines Rapsfeldes und von irgendwoher ertönte das kreischende Geräusch einer Motorsäge.

Als Julia wieder aufs Rad steigen wollte, näherten sich von hinten Motorengeräusche, dann schoss auch schon ein silbergrauer Van mit deutlich überhöhter Geschwindigkeit an ihr vorbei. Hinter der Scheibe auf der Beifahrerseite sah sie gerade noch jemanden winken, dann verschwand der Wagen auch schon hinter einer Wegbiegung.

Typisch Moni, dachte Julia und schaute dem Wagen kopfschüttelnd nach. Die ist sogar in den Ferien in Eile. Aber wenigstens muss sie sich nicht so abstrampeln wie ich. Seufzend schwang sich Julia aufs Rad und machte sich wieder auf den Weg.

»Ach, und da hattest du es wohl nicht nötig, mir Bescheid zu sagen?«

»Nein, warum auch? Du lässt dich hier ja kaum noch

blicken. Hast nur noch Augen für diesen Typen. Wie sollte ich da ahnen, dass du auch mit zum Casting möchtest?«

Aufgeregte Stimmen drangen Julia ans Ohr, als sie ihr Mountainbike an der Wand des Ponystalls abstellte. Sie hielt inne und lauschte, um zu hören, wer sich dort stritt.

»Du hättest mich wenigstens fragen können!«

Das war eindeutig Carolins Stimme.

»Ach ja? Das hättest du wohl gern, dass ich dir hinterherlaufe, was? Aber nicht mit mir. Wenn du mit uns und den Pferden nichts mehr zu tun haben willst, weil dieser Typ dir wichtiger ist, bitte schön. Aber hinterherlaufen werde ich dir deshalb noch lange nicht.«

Das war Svea. Ihre Stimme überschlug sich fast, so aufgebracht war sie. Sie hatte es bisher nicht offen gezeigt, doch Julia spürte, wie eifersüchtig sie auf Carolins Freund war. Svea und Carolin waren jahrelang unzertrennlich gewesen. Selbst als Julia nach Neu-Horsterfelde zog und sich mit den beiden anfreundete, hatte es die innige Beziehung der beiden nicht stören können. Svea und die um ein Jahr ältere Carolin kannten sich schon vom Kindergarten und hatten über viele Jahre nicht nur ihre bedingungslose Liebe zu Pferden geteilt. Dass es einem Jungen gelungen war, sich in diese Beziehung zu drängen, war für Svea nur schwer zu ertragen und sie reagierte darauf total gereizt. Meistens tat sie, als sei Carolin Luft, und hatte stets spitze Bemerkungen parat, wenn jemand in ihrer Gegenwart etwas über ihre Freundin erzählte.

Offenbar hatte Carolin etwas von dem Casting in Selkau erfahren und stellte Svea deswegen zur Rede.

»Aber wir sind doch Freundinnen«, hörte Julia Carolin gerade sagen. »Wir . . .«
»Freundinnen?«, giftete Svea empört. »Ich höre wohl nicht richtig. So wie du dich in letzter Zeit benimmst, könntest du alles sein, aber nicht meine Freundin.«
»Aber was habe ich denn gemacht?«, fragte Carolin, die sich offensichtlich keiner Schuld bewusst war.
»Was du gemacht hast?«, rief Svea aus. »Musst du mich das wirklich noch fragen? Gar nichts hast du gemacht. Wirklich gar nichts. Du kommst nicht mehr zur Danauer Mühle und rufst mich auch nicht an. Auf dem Schulhof scheinst du mich plötzlich nicht mehr zu kennen. Behandelt man so seine Freundin und stellt sie einfach kalt, wenn sich was Interessanteres bietet?«
»Aber Dennis ist . . .«
»Dennis! Ach so heißt der!« Svea hatte sich richtig in Rage geredet und ließ Carolin kaum noch zu Wort kommen. »Ist ja nett, dass ich das auch mal erfahre. Nach all den Wochen. Aber das kannst du dir schenken. Es ist mir sowieso egal. Dieser aufgeblasene Angeber mit . . . seiner komischen Frisur und diesem ätzenden Motorrad . . .«
Nun wurde es Julia zu bunt. Eigentlich wollte sie sich nicht in den Streit der beiden einmischen, aber da Svea anfing ungerecht zu werden, konnte sie es nicht länger mit anhören. Mit dem Rucksack in der Hand und der Reiterkappe unter dem Arm betrat sie den Stall. »Hallo Svea, hallo Carolin«, sagte sie harmlos, um sich nicht anmerken zu lassen, dass sie die beiden belauscht hatte.
»Hallo Julia!« Carolin gab sich wortkarg.
»Was ist los?« Julia spielte weiter die Ahnungslose und

blickte verwundert von einer zur anderen. »Habt ihr Streit?«

»Stell dir vor, jetzt, wo sie erfahren hat, dass wir beide übermorgen zum Casting nach Selkau fahren, erinnert Carolin sich plötzlich wieder an ihre ehemaligen Freundinnen«, erklärte Svea spitz und verschränkte die Arme vor der Brust. »Interessant, nicht wahr? Auf einmal behauptet sie doch glatt, meine Freundin zu sein, nachdem sie mich wochenlang hat abblitzen lassen.« Svea hob die Stimme etwas und äffte Carolin nach: *»Nein, ich kann heute nicht . . . tut mir Leid, ich hab was vor . . . kann ich dir nicht sagen . . . nein, heute nicht, ich muss noch weg . . .«* Sie schnaubte verächtlich. »Was glaubst du, wie oft ich mir das anhören musste? Und jetzt beschwert sie sich, dass ich ihr nichts von dem Casting erzählt habe.«

»Ich sage nur, du hättest mich ruhig mal fragen können, ob ich mitmachen will«, verteidigte sich Carolin.

»Klar, hätte ich. Wollte ich aber nicht«, gab Svea schnippisch zur Antwort. Sie nahm Reitkappe, Gerte und ein Halfter, die sie auf einem Rundballen abgelegt hatte, pflückte ein paar Strohhalme aus dem Innenfutter der Kappe und ging an Carolin vorbei, ohne sie eines Blickes zu würdigen. »Schön, dass du so früh gekommen bist«, meinte sie, an Julia gewandt. »Dann können wir ja gleich losreiten.« Mit diesen Worten ging sie zu Yasmin hinüber, streifte dem Pony das Halfter über und öffneten die Tür der Box. »Was ist?«, rief sie Julia zu, während sie Yasmin hinausführte. »Willst du Spikey nicht holen?«

»Doch, klar!« Julia warf Carolin einen entschuldigenden Blick zu. Wenn Svea und Carolin Streit hatten, war das deren Sache. Sie wollte sich da auf keinen Fall hineinziehen lassen. Natürlich war auch sie nicht begeistert von Carolins abweisendem Verhalten. Aber irgendwie konnte sie es auch verstehen, immerhin sah Dennis wirklich verdammt gut aus.

»Die regt sich bestimmt bald wieder ab«, sagte sie an Carolin gewandt, als Svea draußen war, und zog bedauernd die Schultern hoch. Eigentlich wollte sie Spikey holen gehen, zögerte dann aber. Carolin wirkte so niedergeschlagen, dass sie Julia richtig Leid tat. Irgendwie hatte sie das Gefühl, noch etwas sagen zu müssen. Etwas, das Carolin zeigte, dass sie ihr nicht böse war. Aber es war gar nicht so einfach, die richtigen Worte zu finden. »Wenn ich gewusst hätte, dass du mitmöchtest, hätte ich dir auf jeden Fall Bescheid gesagt«, meinte sie schließlich etwas unbeholfen und fügte entschuldigend hinzu: »Aber du warst so beschäftigt, dass ich dachte, es sei dir nicht wichtig. Weißt du, ich ...«

»Schon gut. Vergiss es.« Carolin bemühte sich um ein Lächeln. Dann wandte sie sich um und sagte leise: »Ich schau jetzt mal nach Derry.«

Zwei Probleme und eine Lösung

Kaum dass der Elf besinnungslos zu Boden sank, sprang der andere Wachtposten vom Pferd, um ihm zu Hilfe zu eilen.

Mailin sah, wie er sich dem Waldrand mit großen Schritten näherte. Dabei hielt er die glänzende Kugel, fest umschlossen in der Faust und streckte den Arm vor, als sei sie eine Waffe. Unmittelbar vor dem Schweigewald verlangsamte er seine Schritte und tastete sich nur noch zögernd voran. Offenbar war er sich nicht sicher, was geschehen würde.

Mailin hielt gespannt den Atem an. Doch ihre Vermutung, dass das magische Gespinst auch den zweiten Wachtposten außer Gefecht setzen würde, erwies sich als falsch. Als der Elf seinen Kameraden erreichte, dessen Körper noch immer von zuckenden Lichtfäden eingehüllt war, löste sich das Gespinst auf und die Lichtblitze erloschen. Prüfend hielt der Posten die Kugel erst in die eine und dann in die andere Richtung, doch wohin er auch deutete, das Ergebnis war immer das gleiche: Die magischen Fäden wichen zurück.

Der Elf fasste seinen noch immer bewusstlosen Kameraden bei den Schultern, zog ihn einige Schritte vom Waldrand fort und bettete ihn vorsichtig auf den weichen Boden. Nachdem er sich eingehend davon überzeugt hatte, dass ihm nichts fehlte, erhob er sich und ging erneut auf den Waldrand zu. Die Hand mit dem Stein nach vorn gestreckt, schritt er auf das Dickicht zu und erreichte unbehelligt den Schweigewald.

Mailin überlegte fieberhaft.

Die seltsame Kugel musste so etwas wie ein Schlüssel sein, der dafür sorgte, dass die betäubende Lichtmagie außer Kraft gesetzt wurde. Mithilfe der Kugel könnte auch sie zu Enid gelangen! Doch wie sollte sie an die Kugel herankommen? Die Wachen würden sie sorgfältig verwahren und sicher nicht aus den Augen lassen. Außerdem hatte sie nicht genügend Zeit, um auf den geeigneten Moment zu warten.

Wenn sie zu lange fortblieb, würde man sie am Hofe vermissen und zur Rede stellen. Die Geschichte mit dem ausgerissenen Pferd wäre dann ziemlich unglaubwürdig.

In diesem Augenblick erschien der Wachtposten wieder am Waldrand. Das Pferd seines Kameraden am Zügel führend, verließ er den Schweigewald und ging wieder zu dem Bewusstlosen.

Hinter Mailins Stirn überschlugen sich die Gedanken. Sie musste in den Schweigewald, aber wie sollte sie das mit den beiden Pferden ...?

... mit beiden Pferden!

Schlagartig hellte sich Mailins Mine auf. Das war die Lösung!

Mit einem raschen Seitenblick vergewisserte sie sich, dass der Wachtposten abgelenkt war, und hastete im Schutz des hohen Grases zu Gohin und Ninim zurück. Unterwegs ging sie dabei noch einmal sorgfältig die einzelnen Schritte ihres Plans durch, der sich zunächst nur

vage, aber dann immer deutlicher in ihren Gedanken formte.
Sie wusste, es war kein gut durchdachter Plan, aber er war es wert, es damit zu versuchen.

»Du hast aber lange gebraucht, um mit dem Fahrrad hierher zu kommen«, begrüßte Moni Julia, kaum dass diese den Privatstall betreten hatte. Das sommersprossige Mädchen war gerade dabei, das Fell von White Lady mit einem Gummistriegel zu reinigen. Für gewöhnlich stand Anitas Pferd nicht im Privatstall, aber der kleine Stall, wo die edle Schimmelstute normalerweise untergebracht war, wurde gerade renoviert, und sie musste für ein paar Wochen ein anderes Quartier beziehen.
»Ich war noch drüben im Ponystall«, erklärte Julia knapp, während sie Spikeys Halfter vom Haken nahm. Der Streit zwischen Svea und Carolin bedrückte sie. Sie mochte die beiden Mädchen gleich gern und verspürte auch keinerlei Eifersucht gegenüber Carolins neuem Freund. Warum auch? Viele Mädchen aus ihre Klasse gingen schon mit einem Jungen und fanden trotzdem noch genügend Zeit für ihre Freundinnen. Sie hatte es nicht ausgesprochen, aber sie fand Sveas zickiges Verhalten eigentlich übertrieben. Wenn das so weiterging, würde es in Zukunft ziemlich schwierig für sie werden, mit beiden gleich gut auszukommen, ohne eine von ih-

nen zu verärgern. Blieb nur zu hoffen, dass Svea das Kriegsbeil bald wieder begrub.

Ich werde nachher mal mit ihr reden, nahm Julia sich vor. Da sprach Moni sie wieder an. »Wollt ihr wieder ausreiten?«

»Ja ...« Julia hatte nicht viel Lust, sich mit Moni zu unterhalten. Doch die schien an diesem Morgen auf ein Gespräch aus zu sein. »Was ist eigentlich mit Carolin los?«, fragte sie im Plauderton, als hätte sie Julias Gedanken gelesen, und trat aus der Box in die Stallgasse. »Die habe ich ja schon ewig nicht mehr hier gesehen.«

»Carolin hat einen Freund«, erklärte Julia knapp. »Da hat sie nicht mehr so viel Zeit für Pferde.« Dass nun auch Moni anfing über Carolin zu reden, gefiel ihr gar nicht, deshalb wechselte sie rasch das Thema. »Und?«, fragte sie. »Wie gefällt es Anitas Goldstück hier im Privatstall bei den ganz gewöhnlichen Pferden?«

»Bisher hat sie sich noch nicht beschwert.« Moni grinste. »Sie weiß es sicher zu schätzen, dass über ihrem Kopf nicht ständig gehämmert wird, und den Gestank nach frischer Farbe würde sie ganz bestimmt nicht mögen.«

»Wenn du mich fragst, ich glaube, White Lady würde am liebsten für immer hier bleiben«, meinte Julia, während sie zu Spikeys Box ging. »Pferde sind Herdentiere und sollten nicht alleine stehen. Ich weiß nicht, warum Anita ihr das antut. Ist doch kein Wunder, dass White Lady immer so traurig dreinschaut. Wer lebt schon gern in Einzelhaft?« Sie holte den Apfel aus ihrem Rucksack, schnitt ihn in zwei Hälften und reichte eine davon Spikey, der seinen Kopf in Erwartung des begehrten Leckerlis schon weit über die Wand der Box hinausreckte.

»Was sagst du dazu, Spikey?«, fragte sie das gescheckte Pony und strich ihm sanft über die weichen Nüstern. »Immer alleine zu sein ist doch blöd.«
Spikey schnaubte, hob den Kopf und stieß mit dem Huf mehrmals gegen die Holzverschalung der Box.
»Ich glaube, er will raus«, kommentierte Moni das Verhalten des Ponys.
»Geht sofort los.« Vorsichtig streifte Julia ihrem Pflegepony das Halfter über und öffnete die Boxentür. »Reitest du heute eigentlich auch aus?«, fragte sie Moni.
»Erst heute Nachmittag«, kam die Antwort aus dem hinteren Teil von White Ladys Box, wo Moni gerade das Stroh aus dem prächtigen Schweif der Stute entfernte. »Aber am Wochenende habe ich viel Zeit«, erzählte sie. »Da mache ich mindestens zwei lange Ausritte.«
»Wenn es dann nicht regnet«, ergänzte Julia, während sie Spikey am Halfter durch die Stallgasse auf dem Hof führte, wo Svea Yasmin bereits fertig gesattelt hatte.
»Na, du trödelst heute aber«, begrüßte Svea sie lachend. »Ich bin längst fertig.« Äußerlich schien sie ihre gute Laune wieder gefunden zu haben, aber Julia spürte, dass sie noch immer sehr aufgewühlt war.
»Ich beeil mich«, versprach sie und knotete Spikeys Halfter an einem der Querbalken fest, die das Viereck wie ein Zaun umgaben. »Holst du den Sattel?«
»Aber klar!« Svea sprang auf, um Julia in die Sattelkammer zu begleiten. Die beiden hatten die schmale Holztür noch nicht erreicht, als Carolin mit Derry aus dem Ponystall kam. Sie hielt das braune Pony an der Mähne gepackt und führte es in Richtung der Hauskoppel.
»Wie fürsorglich von dir, dass Derry auch mal Auslauf

bekommt«, rief Svea ihr zu. »Ich hatte schon Angst, dass er im Stall versauert.«
Carolin erwiderte nichts, doch Svea war noch nicht fertig. »Ein Wunder, dass er dich überhaupt noch erkennt, nachdem er dich wochenlang nicht gesehen hat«, rief sie Carolin hinterher. »An Derrys Stelle würde ich . . .«
»Lass es gut sein, Svea«, fiel Julia ihrer Freundin ins Wort und schob sie eilig vor sich her in die Sattelkammer, um einen erneuten Streit zu verhindern. »Das führt doch zu nichts. Wenn Carolin einen Freund hat, müssen wir uns wohl oder übel damit abfinden.« Sie zwinkerte Svea zu. »Und wenn er ihr im Augenblick gerade wichtiger ist als Freundinnen und Pferde, dann können wir nichts daran ändern. Wer weiß, vielleicht haben wir beide ja auch bald einen Freund, und dann ist wieder alles ganz anders.« Aus den Augenwinkeln sah sie, wie Svea errötete.
»Einen Freund, pah«, stieß Svea hervor, als sei das der abscheulichste Gedanke auf der Welt.
»Ich dachte ja nur«, lenkte Julia achselzuckend ein. »Carolin ist schließlich das beste Beispiel dafür, wie schnell so etwas gehen kann.«
»Jetzt fang bloß nicht wieder mit der an«, giftete Svea. Sie hatte Yasmins Halfter zurück an den Platz gehängt und nahm Spikeys Sattel vom Ständer. »Die ist für mich gestorben.«
»Oh Mann, das ist ja noch schlimmer, als ich dachte.« Kopfschüttelnd griff Julia nach der Trense und zog den Putzkasten aus dem Regal. Heute war wohl nicht der richtige Tag, um über Carolin zu sprechen, aber sie nahm sich fest vor, das nachzuholen, sobald Svea wieder bessere Laune hatte.

»Und jetzt lauf!« Nachdem Mailin Gohin die Satteldecke und das Zaumzeug abgenommen und diese Ninim angelegt hatte, flüsterte sie ihm ein paar Worte ins Ohr, gab ihrem treuen Freund und Begleiter einen kräftigen Klaps auf das Hinterteil und beobachtete, wie der weiße Hengst mit wehender Mähe auf den Schweigewald zupreschte.

Dann schwang sie sich auf Ninims Rücken und nahm die Zügel fest in die Hand. Wenige Augenblicke wartete sie noch ab, um Gohin einen ausreichenden Vorsprung zu verschaffen, dann ließ sie die Stute angaloppieren und preschte um den Hain herum auf den Schweigewald zu. Dabei gab sie sich keine Mühe, leise zu sein. Im Gegenteil. Mit lauten Rufen spornte sie Ninim an schneller zu laufen, während sie dem scheinbar fliehenden Hengst zurief, er möge doch endlich stehen bleiben.

Wie erwartet schenkte Gohin ihren Rufen keine Beachtung, aber der Wachtposten, der noch immer neben dem besinnungslosen Elf kniete und darauf wartete, dass er erwachte, reagierte sofort. Er sprang auf die Füße und blickte sich um.

Da schoss Gohin auch schon aus dem hohen Gras der Wiese hervor. Noch ehe der Posten reagieren konnte, überquerte der weiße Hengst den spärlich bewachsenen

Streifen am Waldrand mit langen Sätzen und tauchte in die Düsternis des Schweigewaldes ein.
»Komm zurück!« Mailin zügelte Ninim unmittelbar vor dem Saum des Schweigewaldes. Unschlüssig starrte sie auf die Stelle im Dickicht, wo Gohin verschwunden war, und tat, als bemerke sie den völlig überraschten Posten nicht, der kaum zwanzig Schritte von ihr entfernt stand. Es dauerte jedoch ein paar Herzschläge lang, bis dieser sich gefangen hatte, dann kam er auf Mailin zu und rief: »Halt! Sofort absteigen und keinen Schritt weiter!«
Mailin tat erschrocken. Nur zögernd kam sie der Aufforderung nach und rutschte von Ninims Rücken. »Ich . . . ich muss das Pferd zurückbringen«, sagte sie mit brüchiger Stimme, in der Hoffnung, dass es sich auch eingeschüchtert anhörte. Dabei deutete sie auf die Stelle, wo Gohin im Wald verschwunden war.
»Du schon wieder!« Wiedererkennen huschte über das Gesicht des Wachtpostens. »Was hast du hier zu suchen?«, fragte er barsch.
»Ich muss das Pferd zurückbringen«, wiederholte Mailin noch einmal. Das Herz hämmerte ihr vor Aufregung so laut in der Brust, dass sie glaubte, der Wachtposten müsse es hören. Der zornige Blick, mit dem der Elf sie musterte, gefiel ihr gar nicht.
Auch sie erkannte den Wachtposten wieder. Es war derselbe, den sie vor ein paar Tagen an Enids Hütte getroffen hatte. »Ihr habt doch sicher gesehen, dass es in den Schweigewald gelaufen ist«, fügte sie rasch hinzu.
»Ja, das habe ich«, bestätigte der Wachtposten unfreundlich. »Fragt sich nur, was es hier zu suchen hat?«

»Es ist fortgelaufen«, erklärte Mailin. »Es gehört zur Herde des Elfenkönigs, die im Auetal grast.«
»Im Auetal.« Der Wachtposten maß Mailin mit einem langen, schwer zu deutenden Blick. »Das ist aber ein weiter Weg von dort.«
»Ja, das stimmt.« Mailin nickte. »Ich bin ihm die halbe Nacht gefolgt.« Sie spürte das wachsende Misstrauen des Postens und beeilte sich eine Erklärung zu liefern. »Wir, also der Pferdehüter Fion und ich, haben zunächst nicht bemerkt, dass der Hengst fort war. Als ich losritt, war er schon sehr weit in den Wald hineingelaufen. Ich hatte ihn fast eingeholt, als er von einem Dachs angegriffen wurde und durchging. Vermutlich ist er verletzt.« Sie warf dem Posten einen flehenden Blick zu. »Ich muss ihn zurückholen. Bitte!«
»Der Schweigewald darf von niemandem betreten werden!«, kam die barsche Antwort.
»Aber der Hengst ist verletzt!«, rief Mailin aus. »Ich bin königliche Pferdehüterin, die *Beria's roche* von Staja Ame, dem Fohlen des Prinzen Liameel. Der König vertraut mir. Soll ich etwa ohne den Hengst zurückreiten?«
»Das lässt sich wohl nicht ändern.« Der Elf blieb hart. »Wir haben den Befehl, niemanden in den Schweigewald zu lassen.«
»Übernehmt Ihr dann auch die Verantwortung, wenn ihm etwas zustößt?«, fragte Mailin mit fester Stimme. »Wenn die Wunde sich entzündet und er an Wundbrand stirbt? Wenn er nicht wieder hinausfindet und verschwunden bleibt? Wenn er von giftigen Pflanzen frisst und elend zu Grunde geht?« Letzteres war natür-

lich stark übertrieben und kaum zu erwarten, aber Mailin wollte den Wachtposten einschüchtern und zählte deshalb alles auf, was ihr an Gefahren in den Sinn kam. Dabei ließ sie den Elf nicht aus den Augen. »Wollt Ihr dem König dann vom Tod des Hengstes berichten und nicht verschweigen, dass *Ihr* es wart, der es der königlichen Pferdehüterin verwehrt hat, nach dem verletzten Tier zu suchen?«

»Nun, dass ...« Eine Spur von Unsicherheit lag in den Worten des Wachtpostens und sein strenger Gesichtsausdruck verlor an Schärfe. Aber Mailin war noch nicht fertig. »Im Auetal weiden die prächtigsten Pferde des ganzen Elfenreiches«, fuhr sie fort. »Jedes einzelne von ihnen ist der besondere Stolz unseres Königs. Für übertriebene Vorsicht wird er gewiss kein Verständnis haben, sollte dadurch auch nur eines der Pferde zu Schaden kommen.«

»Stünde es in meiner Macht, ich würde selbst hineinreiten und das Pferd suchen«, lenkte der Posten ein.

»Worauf wartet ihr dann noch?«, fragt Mailin betont ungeduldig.

»Nun, es gibt da ein Problem«, erklärte der Elf mit einem raschen Blick über die Schulter. »Mein Kamerad ist ... er ... er ist vom Pferd gestürzt und besinnungslos. Ich kümmere mich gerade um ihn und kann meinen Posten nicht verlassen. Das ist mir nur gestattet, wenn eine Ablösung die Wache übernimmt.«

»Die Sorge um Euren Freund ehrt Euch«, erwiderte Mailin. »Doch auch ich sorge mich – um das Pferd. Ihr wisst, dass ich schon einmal im Auftrag der Mondpriesterin Lavendra im Schweigewald gewesen bin, deshalb bitte ich Euch mir die Erlaubnis zu geben, den Wald zu betreten.«

»Ist das wieder so ein Versuch, die Zuverlässigkeit der Wachen zu testen?«, fragte der Elf misstrauisch.

»Heilige Mutter Mongruad, nein!« Mailin fuhr sich mit einer Hand durch die Haare. »Es ist der Versuch, das Leben eines Pferdes zu retten! Und jetzt lasst mich bitte passieren, sonst hole ich das Tier niemals ein. Ich muss ...« Ein dumpfes Stöhnen unterbrach ihren Redefluss.

»Er kommt zu sich!« Gehetzt wanderte der Blick des Wachtpostens zwischen Mailin und dem verletzten Kameraden hin und her. »Also gut«, sagte er schließlich. »Du kannst das Pferd holen. Aber beeil dich. Wenn du es gefunden hast, meldest du dich bei mir. Ich warte hier.«

»Danke!« Mailin schenkte dem Posten ein Lächeln. Sie schwang sich auf Ninims Rücken und nahm die Zügel zur Hand, als wolle sie sofort losreiten. Doch der Elf hielt sie zurück. »Warte!«, sagte er und griff nach den Zügeln. »Ich begleite dich.«

»Was soll das?«, fragte Mailin, die weiterhin die Ahnungslose spielte. »Ich kann alleine reiten.«

»Das kannst du auch«, erwiderte der Posten, ohne die Zügel loszulassen oder eine Erklärung für sein Verhalten abzugeben. »Wenn du im Schweigewald bist.«

Gleich darauf erreichten sie den Wald. Der Wachtposten hob die Hand mit der Kugel ein wenig an und führte Mailin unbehelligt durch die magische Barriere in den Wald hinein. Dann ließ er die Zügel los und sagte: »Wenn du zurückkommst, reite nicht allein hinaus. Ich werde draußen auf dich warten und dich wieder hinausbegleiten – verstanden?«

»Aber warum?« Mailin runzelte in gespielter Verwunderung die Stirn. »Beim letzten Mal bin ich doch auch alleine hinein- und wieder hinausgeritten?«

»Die Dinge ändern sich eben«, gab der Elf knapp zur Antwort. »Diesmal wartest du. Und jetzt reite los, sonst hast du den Ausreißer morgen Früh noch nicht gefunden.« Ohne Mailin noch eines Blickes zu würdigen, verließ er den Wald und eilte zu seinem Kameraden zurück. Dabei bemerkte er weder Mailins diebisches Grinsen noch den weißen Hengst, der in sicherer Entfernung hinter einem Dickicht stand und aufmerksam zu Mailin hinüberschaute.

Wiedersehen mit Enid

Wenig später ritt Mailin mit den beiden Schimmeln durch den Schweigewald auf Enids Hütte zu. Der weiche, von Nadeln bedeckte Boden dämpfte die Geräusche der Hufe und gab unter dem Gewicht der Pferde so federnd nach, dass Mailin die Schritte kaum spürte. Finster und geheimnisvoll breitete sich der urwüchsige und unnatürlich stille Wald vor ihr aus. Nichts rührte sich zwischen den hoch aufragenden Stämmen, wo noch immer Nebelschleier wallten, und selbst hoch oben in den Baumkronen schien es kein Leben zu geben. Es war, als sei die Welt in Schweigen erstarrt.

Mailin kannte diese sonderbare und bedrückende Stille schon von ihren vorangegangenen Besuchen, aber es war das erste Mal, dass sie den Schweigewald bei Tage betrat, und das allgegenwärtige Schweigen lastete viel schwerer auf ihr, als sie es des Nachts empfunden hatte. Nachts war es immer ruhig. Es hatte sie daher nicht gestört, dass es hier noch ruhiger war. Doch nun, da draußen über den Wiesen die Vögel sangen, wirkte die Ruhe fast beängstigend auf sie. Dazu kam die unnatürliche Dunkelheit. Kein Sonnenstrahl durchbrach die dicht ineinander verwachsenen Kronen der Tannen und Laubbäume, die sich auf kahlen Stämmen dem Licht entgegenreckten, und nur eine diffuse Helligkeit erinnerte daran, dass hoch über ihren Wipfeln Sonne schien. Hatte es am Waldrand noch dichtes Unterholz gegeben, war

das Licht im Innern des Waldes so spärlich, dass am Boden kaum noch etwas wuchs. Nur selten entdeckte Mailin einen Farn, der mit langen und dünnen, gelblich verfärbten Blättern der Düsternis trotzte, und gelegentlich erinnerten die verdorrten Überreste in sich verschlungener Brombeersträucher daran, dass es hier offenbar nicht immer so trostlos gewesen war.
Doch das fehlende Unterholz hatte auch seine Vorteile. Die Pferde kamen ungehindert voran, und das kleine, heimelige Licht, das wie ein Hoffnungsschimmer aus dem einzigen Fenster von Enids Hütte strömte, wies Mailin schon von weitem den Weg zu der verbannten Priesterin.
Obwohl sie den Wald an einer anderen Stelle als bei ihren vorherigen Besuchen betreten hatte, hatte sie keine Mühe, die kleine, moosbewachsene Hütte zu finden. Auch Gohin kannte den Weg. Zielstrebig schritt er vor Ninim her auf den kleinen Bach zu, der an der Hütte vorbeifloss und an dessen Ufern es, dank Enids Hilfe, das einzige saftige Gras im ganzen Wald gab. Das satte Grün der langen Grashalme wirkte irgendwie unpassend auf dem einheitlich braungrauen Waldboden, doch das störte Gohin nicht. Nachdem er seinen Durst im Bach gestillt hatte, begann er zu grasen.
Mailin schwang sich von Ninims Rücken und nahm ihr die Satteldecke und das Zaumzeug ab. Dann legte sie ihr das Halfter an und knotete das Ende an einem dürren Baumschössling fest, der am Ufer des Baches wuchs. Gohin würde nicht fortlaufen, da war sich die junge Pferdehüterin ganz sicher, bei der eigensinnigen Stute hingegen konnte sie sich da nicht sicher sein.

Sie wollte gerade auf die Hütte zugehen, als sie eine vertraute Stimme hinter sich hörte, die ihren Namen rief. Mailin wandte sich überrascht um. Sie hatte fest damit gerechnet, Enid in der Hütte vorzufinden, und war so mit den Pferden beschäftigt, dass sie gar nicht bemerkt hatte, wie die Elfenpriesterin mit einem Korb voller Pilze auf dem Arm aus dem Wald kam. »Meine Tochter«, sagte sie mit warmer Stimme und lächelte erfreut, während sie auf Mailin zuging. »Ich hätte nicht erwartet, dich schon so bald wieder zu sehen.«
»Ehrwürdige Enid!«, stieß Mailin hervor und senkte vor der Frau in den aschgrauen Gewändern beschämt den Kopf. »Verzeiht, ich dachte, Ihr wäret . . .«
»Da drin?« Die Elfenpriesterin deutete mit einem Kopfnicken auf die Hütte. Dann schüttelte sie den Kopf. »Nein. Ich habe einen kleinen Spaziergang gemacht. In den frühen Morgenstunden zieht es mich oft an die östliche Grenze des Schweigewaldes, um die aufgehende Sonne zu beobachten«, erklärte sie und fügte voller Bitternis hinzu: »Wer so lange im Dunkeln lebt wie ich, für den sind die wärmenden Sonnenstrahlen das größte Geschenk.«
»Ihr . . . Ihr wart am östlichen Rand des Schweigewaldes?«, fragte Mailin erstaunt. »Zu Fuß? Aber der ist doch mindestens einen Tagesmarsch entfernt. Wie . . .?«
»Wie ich so schnell zurückkomme, meinst du?« Enid trat näher, stellte den Korb mit den Pilzen ab und lächelte. »Nun, es gibt nicht nur jene Wege, die mit Füßen zu beschreiten sind«, meinte sie viel sagend. Dabei wanderte ihr Blick weit in die Ferne, als sähe sie dort etwas, das Mailin verborgen blieb, und ein Schatten huschte

über ihr Gesicht. Doch der Moment verging so rasch, wie er gekommen war, und der Anflug von Melancholie wich wieder dem freundlichen Lächeln.

»Habt Ihr die magischen Fäden gesehen?«, wollte Mailin wissen. »Dieses violette Gespinst, das . . .«

». . . Lavendra um diesen Ort gesponnen hat?«, beendete Enid den Satz. »Oh ja, das habe ich. Ich spürte sogar, wie sie es schuf. Zwei Tage ist es her, dass ich nachts erwachte, weil ich die Kraft einer mächtigen Magie spürte, die ich mir nicht erklären konnte. Jetzt kenne ich den Grund.«

»Das Netz umspannt also wirklich den ganzen Wald«, schlussfolgerte Mailin und runzelte die Stirn. »Aber warum tut sie das? Ihr sagtet doch, sie könne sich an nichts mehr erinnern, zumindest nicht daran, was vorgefallen ist, als Julia hier war.« Noch einmal erinnerte sich Mailin an die bangen Stunden, als Lavendra Julia und sie gefangen genommen hatte und Enid besinnungslos war.

»Davon weiß sie auch nichts mehr«, erklärte Enid. »Aber wie es aussieht, konnte ich das Gefühl, dass von hier eine Bedrohung für sie ausgeht, nicht völlig aus ihren Gedanken tilgen.« Sie strich sich eine lange graue Haarsträhne aus der Stirn, schaute Mailin an und fragte: »Ich bin sehr gespannt zu erfahren, wie es dir gelungen ist, die magische Barriere zu überwinden.«

»Das war eigentlich ganz einfach«, sagte Mailin leichthin und deutete auf die Pferde. »Ich hatte zuverlässige Helfer . . .« Dann erzählte sie Enid, was sie am Waldrand gesehen und erlebt hatte.

». . . so konnte ich in den Wald gelangen«, schloss sie schließlich ihren Bericht. »Aber ich muss mich beeilen.

Der Posten wartet am Waldrand auf mich und wird sicher misstrauisch, wenn ich nicht bald zurückkehre.«
»Das hast du wirklich schlau angefangen.« Enid nickte bedächtig, dann bückte sie sich und hob den Korb mit den Pilzen auf. »Und du tust gut daran, mich an die knappe Zeit zu erinnern«, sagte sie und machte sich auf den Weg zur Hütte. »Wir sollten wirklich nicht noch mehr Zeit vergeuden.«
»Ich habe Euch doch noch gar nicht erzählt, warum ich gekommen bin«, warf Mailin verwundert ein.
»Nein, das hast du nicht.« Enid hielt vor der Tür noch einmal inne und drehte sich um. »Aber das ist auch nicht nötig. Ich weiß es bereits.«
Mailin krauste nachdenklich die Stirn. Wie kann Enid das wissen?, überlegte sie, während sie den breiten Ledergurt der Satteldecke festzurrte und Gohin aufzäumte. Kann sie etwa meine Gedanken lesen?
Das Geräusch der knarrenden Tür riss sie aus ihren Gedanken. Als sie aufblickte, sah sie, wie Enid aus der Hütte trat. Statt des geflochtenen Korbs hielt die Elfenpriesterin nun einen kurzen Stab aus knorrigem Wurzelholz in den Händen. »Bist du bereit?«, fragte sie.
»Ich komme!« Ein letztes Mal prüfte Mailin den Sitz der Satteldecke und griff nach den Zügeln »Du wartest hier!«, sagte sie zu Ninim, aber die Stute blickte nicht einmal auf. Wie schon draußen auf der Wiese rupfte sie weiter das Gras am Ufer des Baches aus und tat, als bemerke sie die junge Pferdehüterin nicht.
So viel Sturheit. Mailin seufzte und schüttelte den Kopf, dann strich sie Ninim zum Abschied noch einmal über den Hals und führte Gohin zur Hütte.

Wie selbstverständlich schlug Enid den Weg zum Weiher ein, über dessen Wassern das Tor zur Welt der Menschen geöffnet werden konnte. Mailin folgte ihr. »Habt Ihr meine Gedanken gelesen?«, fragte sie verwundert.
»Nein«, Enid lächelte. »Nein, das habe ich nicht. Aber ich hatte einen Traum. Einen ganz besonderen Traum der Art, wie er mir schon viele Jahre nicht mehr zuteil wurde. Er kam zu mir, als ich am Waldrand nach Kräutern suchte. Es war wie damals im Mondtempel, als ich die Visionen der heiligen Mutter Mongruad empfing, doch diesmal war ich nicht vorbereitet. Es gelang mir gerade noch, mich zu setzen, da sah ich mich im Geiste schon am Weiher stehen. Du warst auch da, mit zwei weißen Pferden, und es war nicht dunkel, es war mitten am Tag ...«
»Aber Ihr sagtet doch, das Tor könne nur bei Vollmond geöffnet werden«, warf Mailin ein, die sich noch gut daran erinnern konnte, welche enorme Kräfte Enid ohne die Kraft des Mondes hatte aufbringen müssen, um das Tor für sie zu öffnen.
»Das stimmt schon«, räumte Enid ein. »Doch erinnere dich daran, wie es war, als du das Balsariskraut suchtest. In jener Nacht war der Mond auch nicht voll, aber die Erdgöttin, die heilige Mutter allen Lebens, war dir wohlgesinnt und ließ mich das Tor dennoch öffnen, als ich sie um Hilfe bat. Sie besitzt sehr wohl die Macht, dies zu bewirken. Ohne ihre Hilfe wäre das Durchschreiten der Tore in der Tat nur bei Vollmond möglich. Sie ...«
»Dann wollt Ihr sie noch einmal um Beistand bitten?«, schlussfolgerte Mailin.

»Nein, das ist diesmal nicht nötig.« Enid lächelte viel sagend und fügte ohne Tadel hinzu: »Hättest du mich eben ausreden lassen, wüsstest du bereits Bescheid.«
»Verzeiht.« Mailin senkte beschämt den Blick.
»Ungeduld ist das Vorrecht der Jugend. Du musst dich nicht entschuldigen«, erwiderte die Elfenpriesterin sanft und fuhr mit der Schilderung des Traums fort, als hätte Mailin sie nicht unterbrochen: »Die Bilder, die sich mir offenbarten, waren eindeutig: Kaum dass ich das Tor geöffnet hatte, sah ich dich mit Gohin hineinreiten und nach wenigen Augenblicken mit einem weiteren weißen Pferd zurückkehren.«
»Das war bestimmt das Elfenpferd von der Danauer Mühle!«, rief Mailin aus. »Das Pferd, das Gohin entdeckt hat.«
»Das kann ich nicht mit Gewissheit sagen.« Enid schüttelte den Kopf. »Aber als ich die Bilder sah, wusste ich, dass du noch einmal zu mir kommen würdest, um mich darum zu bitten, dir das Tor zur Menschenwelt zu öffnen. Allerdings wusste ich nicht, wann das sein würde.« Sie lächelte und nickte Mailin aufmunternd zu. »Ich kann daher nur erahnen, was dich dazu bewegt, das Tor noch einmal zu durchschreiten.«
»Ich will das Elfenpferd zurückbringen, dessen Verschwinden schuld daran ist, dass der König Euch hierher verbannt hat«, erklärte Mailin voller Eifer. »Das Pferd ist der einzige Zeuge des Unrechts, das Lavendra Euch angetan hat. Wenn ich es zurückbringe, könnt Ihr an den Hof zurückkehren und Lavendra wird endlich die Strafe bekommen, die sie verdient.« Die Worte sprudelten nur so aus Mailin hervor und der entschlossene

Tonfall ließ keinen Zweifel daran, wie sehr sie daran glaubte. Das Gesicht der Elfenpriesterin blieb jedoch unbewegt und gab nichts von dem preis, was sie dachte oder fühlte. »Du weißt, es ist meine große Hoffnung, eines Tages an den Hof zurückkehren zu können«, erklärte sie, als Mailin geendet hatte. »Die Pflanze der Hoffnung ist klein, aber nicht verdorrt.« Sie lächelte. »Du bist jung«, sagte sie voller Wärme. »Dein Glauben an die Gerechtigkeit ist stark und ich freue mich, dass du mir helfen willst. Doch überlege gut. Wie könnte ein Pferd das erlittene Unrecht wieder gutmachen? Selbst wenn es tatsächlich das Pferd ist, das Lavendra einst verschleppte, so kann es uns doch nichts mitteilen, das wir . . .«

»Oh doch, das kann es!« Mailin erwiderte den Blick der Elfenpriesterin geradeheraus. »Wir, also Fion und ich, haben alles genau geplant.« Sie straffte sich und fuhr rasch fort: »Wenn das Pferd wieder hier ist, werden wir es in Fions Heimatdorf bringen. Dort gibt es einen alten Elfen, der . . .«

Während sie die Elfenpriesterin langsam zum Weiher begleitete, erläuterte Mailin ausführlich ihren Plan.

Enid lauschte schweigend. Hin und wieder nickte sie bedächtig oder runzelte die Stirn, doch sie unterbrach Mailin nicht ein einziges Mal.

». . . Wenn es uns gelingt, die Ereignisse von damals in den Erinnerungen des Pferdes zu finden, können wir Lavendras schändliches Treiben endlich beweisen«, schloss Mailin mit vor Aufregung geröteten Wangen. »Dann muss der König sie . . .«

»Der König muss gar nichts«, versuchte Enid den Eifer

der jungen Pferdehüterin etwas zu dämpfen. »Er wird sich dein Anliegen gewiss anhören, doch welche Schlüsse er daraus ziehen wird, vermag selbst ich nicht zu sagen.«

»Aber wir könnten beweisen, dass . . .«

»Beweise!« Enid schüttelte den Kopf. »Niemand weiß, wie groß Lavendras Einfluss auf den König inzwischen ist. Vermutlich wird sie deinen vermeintlichen Beweisen dutzende von Erklärungen entgegenhalten, die genau das Gegenteil von dem bekunden, was du sagst. Hast du schon einmal überlegt, was geschieht, wenn du zwar gute Beweise hast, der König dir aber nicht glauben *will?*«

»Das ist unmöglich«, stieß Mailin hervor. »Der König ist gerecht und weise. Er würde niemals . . .«

»Nichts ist unmöglich.« Enid lächelte, sagte dann aber versöhnlich: »Wenn man Pläne schmiedet, sollte man immer bedenken, dass sie auch scheitern könnten. Aber du hast Glück. Die heilige Mutter Mongruad scheint zu wissen, was dich bewegt. Und sie glaubt an dich, sonst hätte sie mir die Vision nicht geschickt. Doch selbst ich vermag nicht zu sagen, ob dies genügt, um deine Pläne Wirklichkeit werden zu lassen.«

In diesem Augenblick erreichten sie das Ufer des kleinen, stillen Weihers und Enid stellte den Korb ab. »Verzeih, ich wollte dich nicht entmutigen«, sagte sie milde. »Der Plan, den du mit Fion ersonnen hast, birgt eine große Hoffnung. Doch du musst verstehen, dass ich nach all den Jahren kaum noch zu hoffen wage.«

»Das verstehe ich«, sagte Mailin, während sie den Blick über die spiegelglatte Wasseroberfläche schweifen ließ.

Dann sah sie die Elfenpriesterin an und sagte mit fester Stimme: »Ich werde Euch nicht enttäuschen.«

Ein verregneter Samstag

»Da habt ihr euch ja wirklich einen tollen Tag für das Casting ausgesucht.« Kopfschüttelnd schaute Martin Wiegand aus der Tür des Privatstalls über den Hof, wo dicke Regentropfen Blasen schlagend auf die grauen Pflastersteine klatschten. »So hat es ja schon lange nicht mehr geschüttet.«

»Das Casting beginnt erst um vier, bis dahin hört der Regen sicher auf.« Julia, die neben ihrem Vater stand, versuchte Optimismus zu verbreiten. Doch das einhellige Schweigen, das ihren Worten folgte, machte deutlich, dass niemand ihre Zuversicht teilte.

»Vielleicht regnet es in Selkau auch gar nicht, oder die haben da eine große Halle für schlechtes Wetter«, fügte sie hinzu.

»Sie könnten es bestimmt verkraften, wenn ihr absagt.« Martin Wiegand schaute die beiden Mädchen fragend an. »Ich meine, noch sind die Ponys nicht verladen. Wir könnten jetzt ohne weiteres wieder nach Hause fahren und uns einen gemütlichen Nachmittag am Kamin machen.«

»Kommt gar nicht in Frage!« Svea schüttelte energisch den Kopf, während Julia ihren Vater anschaute, als wäre er ein gemeiner Verräter. »Vati!«, stieß sie fassungslos hervor. »Wir haben uns fast zwei Wochen auf das Casting vorbereitet, da ...«

»... werden wir uns doch nicht wegen so einem bisschen Regen davon abhalten lassen!«, beendete Svea den Satz und knuffte Julia mit dem Ellenbogen Zustimmung heischend in die Seite. »Nicht wahr?«
»Natürlich nicht!«, stimmte Julia zu. »Außerdem findet heute nur die Vorauswahl statt. Morgen soll es nicht mehr regnen. Erst dann müssen wir wirklich beweisen, was wir draufhaben.«
»Wenn ihr die Vorauswahl heute Nachmittag übersteht«, wandte Julias Vater ein.
»Na klar kommen wir weiter.« Für Svea schien es daran nicht den geringsten Zweifel zu geben. »Schließlich sind wir die geborenen Indianer.« Sie grinste und deutete auf den Hof hinaus, wo die Regentropfen jetzt nur noch in stetem Plätschern auf den Boden fielen. »Der Regen lässt ein wenig nach«, sagte sie. »Ich laufe rüber in den Ponystall und hole Yasmin.«

Eine halbe Stunde später standen Spikey und Yasmin nebeneinander im Pferdeanhänger und warteten geduldig auf die Abfahrt. Die Beine der Ponys hatten Svea und Julia vorsorglich von den Fesseln bis zum Sprunggelenk mit gepolsterten Manschetten umwickelt, damit sich die Tiere nicht gegenseitig mit den Hufen verletzten. Danach hatten sie noch etwas Stroh als Wegzehrung in den Anhänger geschafft und die hintere Klappe fest verriegelt.
Es regnete noch immer. Obwohl sich die Mädchen Regencapes umgehängt hatten, waren ihre Jeans und die Schuhe völlig durchweicht, als sie sich endlich nebeneinander auf die hinteren Sitze des blauen Vans plump-

sen ließen, der Sveas Eltern gehörte. Ursprünglich hatte Sveas Vater die Mädchen nach Selkau fahren wollen, da der Wagen von Julias Vater keine Anhängerkupplung hatte, aber dann hatte er kurzfristig für einen erkrankten Kollegen einspringen müssen und tat nun Dienst auf der Polizeiwache. Nun saß Julias Vater vorn auf dem Fahrersitz und wartete darauf, dass die Mädchen sich anschnallten.

»Alles klar im Anhänger?«, fragte er wie ein Pilot, der vor dem Start die Checkliste noch einmal durchgeht.

»Alles klar!«, erwiderte Julia, die sich gerade aus ihrem triefenden Regencape schälte.

»Reisetaschen an Bord?«

»An Bord!«

»Ausrüstung vollständig?«

»Vollständig!«

»Nichts vergessen?«

»Melde gehorsamst: Nichts vergessen!« Svea legte die Hand wie ein salutierender Rekrut an die Stirn und kicherte.

»Gurte angelegt?«

»Angelegt!«, riefen beide Mädchen wie aus einem Munde.

»Na, dann kann es ja losgehen.« Martin Wiegand drehte den Zündschlüssel herum. »Ready for Take-off«, verkündete er, als der Van anfuhr und sich langsam die steile Ausfahrt der Danauer Mühle hinaufquälte. »Dann wollen wir doch mal sehen, wie das Wetter heute in Selkau ist.«

Eine knappe Stunde später steuerte Julias Vater den Van

auf das Gelände des Country- und Westernvereins, der die Westerntage in Selkau alljährlich ausrichtete.
»Welcome to the great Western Company – Selkau«, stand auf dem großen hölzernen Schild über dem zweiflügeligen Gatter zu lesen, dessen Tore weit geöffnet waren. Dahinter führte ein schmaler Sandweg zu einer Reihe von Gebäuden und großen Hallen, die von großzügig angelegten Reit- und Springplätzen umgeben waren.
Obwohl es erst drei Uhr nachmittags war, hatten sich auf dem vom Dauerregen aufgeweichten und mit unzähligen Pfützen übersäten Parkplatz schon mehr als zwanzig Wagen mit Anhängern eingefunden. Überall sah man Leute in Regenkleidung umherlaufen, Pferde entladen oder regensicher verpackte Ausrüstung fortschleppen. Ein Anhänger, in dem ein Pferd ängstlich wieherte, hatte sich beim Rangieren in der aufgeweichten Grasnarbe festgefahren und drohte umzukippen, während zahlreiche Helfer hektisch versuchten das Schlimmste zu verhindern.
»Das arme Pferd«, murmelte Svea mitfühlend. »Ist bestimmt total verängstigt.«
»Dahinten kommt Hilfe.« Julias Vater deutete auf einen roten Traktor, der auf den in Not geratenen Anhänger zuhielt. »Damit haben sie den Hänger ruck, zuck draußen.«
In diesem Augenblick kam ein junger Cowboy mit Dreitagebart und gelber Öljäcke auf den Wagen zu. Er hob die Hand und bedeutete Julias Vater das Seitenfenster herunterzufahren.
»Zum Casting?«, fragte er und neigte den Kopf leicht

nach hinten, um das Wasser von der breiten Hutkrempe abfließen zu lassen. Der lederne Cowboyhut war völlig durchweicht, doch das schien den Mann nicht zu stören.
»Ja«, kam die Antwort von Julias Vater.
»Ein Pferd?«
»Zwei.«
»O. k. Dann parken Sie am besten dahinten.« Der Cowboy deutete auf einen freien Platz, der erschreckend weit vom Eingang der großen Reithalle entfernt war. »Tut mir Leid«, sagte er entschuldigend, als er die betroffenen Gesichter der Mädchen sah. »Aber da vorn ist schon alles matschig gefahren. Wir mussten schon mehrere Autos mit dem Traktor herausziehen. Sie sehen ja selbst, was hier los ist.« Er deutete auf den festsitzenden Pferdeanhänger.
»Ist schon o. k.«, erwiderte Julias Vater. Wir haben Regencapes mit und Decken für die Pferde. Das wird schon klappen.«
»Dann viel Erfolg heute.« Der Cowboy nickte den Mädchen lächelnd zu und tippte mit dem Zeigefinger leicht an die Hutkrempe, um sich zu verabschieden.
»Der sah aber auch nicht schlecht aus.« Versonnen schaute Svea dem jungen Mann nach, der durch den Regen stapfte, um sich mit dem Fahrer des nachfolgenden Gespanns zu unterhalten.
»Svea!«, rief Julia in gespielter Empörung. »Du wirst Ches Dalton doch nicht untreu werden.«
»Quatsch!« Svea grinste, dann wurde sie plötzlich ernst. »Ob er auch hier ist?«, überlegte sie laut.
»Wer?« Julias Vater parkte den Van an der zugewiesenen Stelle, schaltete den Motor aus und blickte sich um.

»Ches Dalton«, sagten Julia und Svea gleichzeitig.
»Da macht euch mal keine Hoffnungen.« Martin Wiegand schüttelte schmunzelnd den Kopf. »Die VIPs kommen zu solchen Veranstaltungen immer erst dann, wenn es richtig losgeht. Der hat sicher Wichtigeres zu tun, als sich hier das Statisten-Casting anzusehen.«
»Schade.« Svea verzog enttäuscht das Gesicht, dann hellte sich ihre Miene auf. »Aber dafür sehen wir ihn dann später bei den Proben.«
». . . wenn wir angenommen werden«, ergänzte Julia.
»Klar werden wir das«, behauptete Svea so überzeugt, als gäbe es an diesem Tag kein Casting gegen eine riesige Konkurrenz zu bestehen. »Wir . . .«
». . . sollten jetzt erst mal die Pferde ausladen«, fiel Julias Vater ihr ins Wort. »Ich kann zwar verstehen, dass ihr bei dem Regen nicht aussteigen mögt, aber«, er tippte auf seine Armbanduhr, »wir haben nur noch eine Dreiviertelstunde, bis das Casting beginnt.«

Kälte umfing Mailin, als sie mit Gohin das Weltentor durchschritt. Sie fröstelte. Mit geschlossenen Augen ritt sie wie schwebend durch das von Nebelgespinsten durchzogene Zwielicht, das den Raum zwischen den Welten erfüllte, und konzentrierte sich fest auf ihr Ziel: die beiden gekreuzten Buchenstämme im Danauer Forst, nahe dem Reiterhof Danauer Mühle.

Dass es Enid so leicht gefallen war, am helllichten Tag das Tor zur Menschenwelt zu öffnen, erschien ihr immer noch wie ein Wunder. Kaum dass die Elfenpriesterin mit der Anrufung begonnen hatte, hatte sich die Luft auch schon verdichtet und der träge, schwere Nebel war so mühelos über dem Weiher emporgestiegen, als hätte er bereits darauf gewartet. Kein einziger Blitz war zu sehen gewesen und das brodelnde Wasser hatte sich schon nach wenigen Augenblicken wieder beruhigt.
Es ist ein gutes Gefühl, die heilige Mutter Mongruad auf meiner Seite zu wissen, dachte Mailin. Ohne ihre Hilfe wäre ich bestimmt nicht so schnell zur Danauer Mühle gekommen. Ein Lächeln huschte über ihr Gesicht, als sie sich daran erinnerte, wie sie das entführte Elfenpferd bei ihrem ersten Besuch in der Menschenwelt auf dem Reiterhof entdeckt hatte. Denn damals hatte sie auch Julia getroffen. Beim Gedanken an ihre Menschenfreundin durchströmte Mailin ein warmes Gefühl inniger Vertrautheit. Inzwischen hatten sie schon so vieles zusammen erlebt und sie freute sich sehr darauf, Julia wieder zu sehen.
Ein heftiger Regenschauer, der wie ein Sturzbach zu Boden rauschte, riss Mailin aus ihren Gedanken. Das eisige Nass traf die junge Pferdehüterin völlig unvorbereitet. Kaum war Gohin unter den gekreuzten Buchenstämmen hervorgetreten, war sie schon bis auf die Haut durchnässt.
»Barad!« Fluchend sah sie sich um. Für einen Moment überlegte sie, ob es klüger wäre, umzukehren. Doch dann fiel ihr ein, dass sie keinen Regenumhang mit in den Schweigewald genommen hatte, und sie verwarf

den Gedanken gleich wieder. Kurz entschlossen, lenkte sie Gohin auf eine Gruppe hoher Tannen zu, deren dicht ineinander verwachsene Äste zumindest ein wenig Schutz vor der Unbill des Wetters verhießen.

Gohin schnaubte unwillig und schüttelte die nasse Mähne, als sie die dürftige Zuflucht erreichten. Wie Mailin schien auch der weiße Hengst völlig überrascht zu sein, dass sie mitten in ein Unwetter geraten waren.

»Das hast du ja prima hingekriegt!«, schalt Mailin sich selbst dafür, dass sie so unvorbereitet losgeritten war. Sie wusste doch, dass die Jahreszeit in Julias Welt meistens nicht der in ihrer Heimat entsprach. Schließlich war sie schon einmal hierher gekommen, als es bitterkalt war.

Aber sie hatte nur an den Plan gedacht, den sie mit Fion ersonnen hatte, und keinen einzigen Gedanken daran verschwendet, wie das Wetter in der Welt der Menschen wohl sein mochte.

Und jetzt war es zu spät. Ihr Regenumhang lag unerreichbar in der Schlafkammer der Pferdehüter am Hofe des Elfenkönigs. Selbst wenn Enid ihr einen Umhang hätte borgen können, würde ihr das jetzt kaum noch etwas nützen. Sie war klatschnass und so durchgefroren, dass sie mit den Zähnen klapperte.

Blinzelnd schaute Mailin nach oben, wo sich das Wasser auf den Tannenzweigen sammelte und in dicken Tropfen zu Boden fiel. An unzähligen Stellen gab das Dach aus nadelbewehrten Zweigen dem Ansturm des Wassers bereits nach. Nicht mehr lange und es würde ihr gar keinen Schutz mehr vor dem Regen bieten.

Die Einzige, die ihr helfen konnte, war Julia. Doch dazu

musste sie erst einmal nach Neu-Horsterfelde gelangen. Mailin seufzte. Die Aussicht, bei strömendem Regen dorthin zu reiten, war nicht gerade verlockend – der Gedanke an Julias behaglich warmes Zimmer und trockene Kleidung hingegen schon.

»Also los!« Mailin schnalzte leise mit der Zunge und gab Gohin gleichzeitig mit einem sanften Schenkeldruck zu verstehen, dass er antraben sollte. »Auf geht's!«, rief sie dem Schimmel zu und lenkte ihn zwischen den dunklen, feucht glänzenden Baumstämmen hindurch auf Neu-Horsterfelde zu.

Schon nach wenigen Metern war sie so durchweicht, als sei sie in einen Fluss gefallen. Der Regen rann ihr in Strömen über das Gesicht und die lederne Kleidung klebte ihr nass und schwer am Körper. Nur der kleine, ölgetränkte Proviantbeutel trotzte dem fortwährenden Regen und hielt das Amnesiapulver trocken, das Enid ihr wieder vorsorglich mitgegeben hatte.

Nie zuvor war Mailin in einem scheußlicheren Wetter geritten. Der Regen selbst wäre in einer lauen Sommernacht nicht so schlimm gewesen, doch zusammen mit der Kälte war er unerträglich. Mailin fror erbärmlich und zitterte am ganzen Körper.

Gohin schien es ähnlich zu ergehen. Immer wieder schüttelte er die Mähne und schnaubte dabei so heftig, als ob er sich bereits eine Pferdegrippe eingehandelt hätte.

Mailin klopfte ihm aufmunternd das nasse Fell und sprach beruhigend auf ihn ein. Sie konnte gut nachempfinden, wie sich das treue Pferde fühlen musste, doch auch für ihn hatte sie schon etwas im Sinn.

In der Nähe von Neu-Horsterfelde gab es eine Wiese,

auf der ein primitiver Holzverschlag stand. Mailin hatte das Gebäude aus Wellblech und Brettern entdeckt, als sie Julia das letzte Mal besucht hatte. Dort würde Gohin halbwegs im Trockenen stehen, während sie sich zu Fuß auf den Weg ins Dorf machte.

Mit der Hilfe ihrer Freundin, da war sich Mailin ganz sicher, würde es sehr viel schneller gehen, das gesuchte Elfenpferd zu befreien. Heute war das ohnehin nicht mehr möglich. Dem rasch schwindenden Licht nach zu urteilen, musste es schon fast Abend sein, und das Elfenpferd stand bei dem Unwetter sicher im Stall.

Doch trotz aller Widrigkeiten verspürte Mailin so etwas wie Zuversicht. Sie freute sich auf ein Wiedersehen mit Julia und spornte Gohin an noch etwas schneller zu laufen, als sie in der Ferne die ersten Häuser von Neu-Horsterfelde entdeckte. »Bald bist du im Trockenen«, rief sie ihm zu, während sie sich in Gedanken schon in eine warme Decke gehüllt in Julias Zimmer sitzen sah.

Es wird ernst

»... freue ich mich, dass ihr alle gekommen seid, um an dem Auswahlverfahren für die Reiterstatisten des diesjährigen Country- und Westernfestivals teilzunehmen.« Die Stimme der etwa vierzigjährigen Frau im hellen Jeans-Outfit, die sich den versammelten Reiterinnen als Carmen Wallner vorgestellt hatte, war ziemlich leise. Julia musste sich schon sehr anstrengen, um die Worte über den prasselnden Regen hinweg zu verstehen. Der Sturm hatte noch einmal zugelegt. Die Regenschauer gingen mit ungeheurer Wucht auf das Wellblechdach der Reithalle nieder und der Wind rüttelte lautstark an dem großen Tor.

»... bevor wir also beginnen, uns eure reiterischen Fähigkeiten anzusehen, müssen wir zunächst prüfen, ob die Ponys den enormen Anforderungen gewachsen sind, die bei einer solchen Veranstaltung auf sie zukommen. Dazu gehören neben lärmenden Menschenmassen auch laute Musik und vor allem Gewehrschüsse und Explosionen, die auf einem Western-Festival natürlich nicht fehlen dürfen.« Sie machte eine kurze Pause, ließ den Blick über die Gesichter der Mädchen schweifen und sagte dann: »Ich denke, es leuchtet jedem ein, dass wir weder ängstliche noch schreckhafte Pferde bei den Aufführungen einsetzen können, und bitte deshalb um Verständnis, dass wir solche Ponys ohne weitere Prüfung nach Hause schicken müssen.«

Ein leises Raunen ging durch die Reihen der Mädchen. Einige nickten, andere schauten erschrocken drein. Svea, die zwei Pferde neben Julia Aufstellung genommen hatte, zwinkerte ihr zu und grinste, was so viel heißen sollte wie »Den Test überstehen wir spielend«. Das Lärmverhalten der Ponys war eine ihrer ersten Übungen beim Training gewesen. Doch Spikey und Yasmin hatten sich weder von lauter Musik noch durch das Knallen zerplatzender Papiertüten aus der Ruhe bringen lassen.

Julia nickte zum Zeichen, dass sie verstanden hatte, und richtete ihre Aufmerksamkeit wieder auf Frau Wallner, die gerade ein großes Schiebetor an der Längsseite der Reithalle öffnete. »Ihr stellt euch bitte in zwei Reihen auf und wartet mit den Ponys hier in der Halle«, erklärte sie den mehr als vierzig Mädchen, die sich zum Casting eingefunden hatten, und deutete auf das Tor. »Wir werden euch namentlich aufrufen. Wenn ihr dran seid, reitet bitte durch dieses Tor in die angrenzende Halle und dreht dort ein paar Runden im Galopp.« Noch während sie sprach, reichte sie einem Mann im blauen Vereins-Sweatshirt des Country- und Westernvereins Selkau einen Zettel und ging dann nach nebenan.

»Also gut. Es geht gleich los«, rief der Mann mit lauter Stimme und unterstrich die Worte mit einer ausladenden Geste.

Julia lenkte Spikey auf eine Zirkelmarkierung zu und ließ das gescheckte Pony wenden. Von ihrem Platz aus konnte sie ein Stück weit in die angrenzende Halle hineinschauen, wo sich Frau Wallner gerade zwischen zwei Männer an einen Tisch gesetzt hatte und in einigen

Unterlagen blätterte. Dann nahm sie einen Stift und gab dem Mann in der Halle ein Zeichen, dass alles bereit war.

»Ann-Christin Abbe!«, rief dieser, während nebenan laute Kavalleriemusik ertönte.

Ein Mädchen auf einem dunkelbraunen Pony löste sich aus der hinteren Reihe und ritt bis in die Mitte der Halle. Es spornte das Pony an schneller zu gehen, doch das Tier schien Angst vor der Musik zu haben und bewegte sich trotz heftigen Zuredens nur langsam auf das geöffnete Tor zu. Als Pferd und Reiterin endlich in die benachbarte Halle einritten, verstummte die Musik und ein Sturm der Begeisterung brandete wie aus tausend Kehlen in den Lautsprechern auf. Man hörte Leute klatschen und johlen, und wäre der Regen nicht gewesen, hätte man denken können, die Halle sei wirklich voller Menschen. Das braune Pony hielt verwirrt inne, schüttelte die Mähne und scharrte nervös mit dem Huf. Das Mädchen im Sattel mühte sich redlich, aber an einen spritzigen Galopp war nicht zu denken – das Pony war völlig eingeschüchtert.

Das schien auch Frau Wallner zu spüren.

Kopfschüttelnd gab sie dem Mann an der Anlage ein Zeichen und der Beifallssturm verstummte. Julia sah, wie sie Ann-Christin zu sich an den Tisch rief und ein paar Worte mit ihr wechselte. Dann reichte sie dem Mädchen die Hand und verabschiedete sich. Noch während die Reiterin ihr Pony hinausführte, wurde das nächste Mädchen aufgerufen und die Musik setzte wieder ein.

Die gutmütigen Haflinger der beiden nachfolgenden

Reiterinnen bestanden den Lärmtest ohne Probleme. Selbst die lauten Platzpatronenschüsse, die ein Cowboy am Rande der Halle in unregelmäßigen Abständen aus einem Gewehr abfeuerte, während die Mädchen die Halle im Galopp umrundeten, machten den beiden keine Angst.

Frau Wallner nickte und lächelte zufrieden.

Ein Mädchen nach dem anderen wurde nun in alphabetischer Reihenfolge aufgerufen.

Als Svea in die Bahn ging, waren schon sechs von fünfzehn Reiterinnen nach Hause geschickt worden.

Julia hielt gespannt den Atem an. Die Daumen fest gedrückt, beobachtete sie ihre Freundin.

Doch wie schon auf der Danauer Mühle erwies sich Yasmin auch hier als ein sehr zuverlässiges und wenig schreckhaftes Pony. Die gescheckte Stute galoppierte so spritzig in der Bahn, als höre sie die Musik und das Klatschen gar nicht und zuckte nicht einmal zusammen, als der Cowboy einen Schuss in unmittelbarer Nähe abfeuerte.

Frau Wallner nickte anerkennend. Dann winkte sie Svea heran, wechselte ein paar Worte mit ihr und klopfte Yasmin lobend den Hals.

Überglücklich kehrte Svea in die Halle zurück, holte ein Leckerli für Yasmin aus ihrer Westentasche und nahm ihren Platz in der Reihe wieder ein.

»Das war klasse!«, rief Julia ihr mit gedämpfter Stimme zu und streckte beide Daumen nach oben.

»Das schaffst du auch«, erwiderte Svea zuversichtlich und verstummte, weil das Mädchen zu ihrer Rechten aufgerufen wurde.

Nach den ersten zwanzig Reiterinnen gab es eine kurze Pause, und die Mädchen konnten die unruhig gewordenen Ponys ein wenig bewegen.
Alle, die nicht weiter teilnehmen durften, mussten die Halle verlassen und machten sich auf den Heimweg. So wurde es mit der Zeit immer leerer. Als es draußen dunkel wurde, waren noch fünfundzwanzig Mädchen in der Halle. Der Regen trommelte noch immer auf das Dach und der Wind pfiff durch die Ritzen des großen Gebäudes, doch das schlechte Wetter hatte etwas an Kraft verloren und der Mann konnte endlich etwas leiser sprechen, wenn er die Mädchen aufrief.
Julia wurde allmählich ungeduldig. Die meisten Mädchen waren schon fertig, aber sie war immer noch nicht aufgerufen worden. Wiegand war nun mal ein Nachname, der zum Warten verpflichtete. Ob in der Schule, bei Sportfesten oder anderen Veranstaltungen – immer kam sie als Letzte dran.
Suchend sah sie sich nach ihrem Vater um.
Er saß auf dem obersten der drei Rundballen, die in einer Ecke der großen Halle pyramidenförmig aufgestapelt waren, und verfolgte das Geschehen mit etwas gelangweilter Miene. Als er Julias Blick bemerkte, hob er beide Daumen in die Höhe und lächelte ihr aufmunternd zu.
Julia nickte und wandte ihre Aufmerksamkeit wieder den verbliebenen Mädchen zu.. Nur ein Mädchen mit dem schwierigen Nachnamen Zwirichovsky, ein dunkelhaariges Mädchen in Western-Outfit, und sie waren noch nicht geprüft worden.
»Julia Wiegand!«, rief der Mann im blauen Sweatshirt in

diesem Augenblick, weil eine Reiterin den Test vorzeitig beenden musste. Das Shetlandpony hatte schon beim ersten Gewehrschuss gescheut und sie abgeworfen. Humpelnd verließ sie die Halle, während ein Mitarbeiter des Country- und Westernvereins das aufgeregte Tier hinausführte.

»Mach mir bloß keine Schande«, flüsterte Julia Spikey zu, während sie ihn im Schritt in die Mitte der Halle dirigierte. Dann schnalzte sie mit der Zunge und gab ihm durch leichtes Klopfen mit den Unterschenkeln zu verstehen, dass er angaloppieren solle.

Im Takt der Kavalleriemusik preschte Spikey in die benachbarte Halle. Von Unsicherheit oder Angst war nichts zu spüren. Im Gegenteil, nach der langen Zeit des Wartens schien er regelrecht froh zu sein sich endlich ausgiebig bewegen zu können. Das aufbrandende Klatschen und Johlen der vorgetäuschten Zuschauer schien ihn nicht im Geringsten zu stören und die ersten beiden Schüsse, die der Cowboy am anderen Ende der Halle abfeuerte, nahm er gelassen hin. Der nächste Schuss wurde, wie zuvor schon bei den anderen, in unmittelbarer Nähe des Ponys abgefeuert. Julia hatte sich schon darauf vorbereitet, doch für Spikey kam der Knall so überraschend, dass er zusammenzuckte, bockte und seinem Unmut durch kräftiges Schlagen mit den Hinterbeinen Luft machte.

Vom eigenen Schwung getragen, flog Julia aus dem Sattel. Geistesgegenwärtig klammerte sie sich mit beiden Händen am Knauf des Westernsattels fest, dann spürte sie festen Boden unter den Füßen und begann zu laufen. Es grenzte fast an ein Wunder, aber irgendwie gelang es ihr tatsächlich, sich Spikeys Tempo anzupassen. Den Knauf noch immer fest umklammert, lief sie neben Spikey her, der inzwischen vom Galopp in einen schnellen Trab gefallen war.

Wenn ich loslasse, ist alles aus, schoss es Julia durch den Kopf. Ich muss wieder in den Sattel kommen. Es war das Einzige, an das Julia in diesem Augenblick denken konnte: in den Sattel kommen . . .

Dann geschah alles wie von selbst. Sie rannte neben Spikey her, der einfach nicht anhalten wollte, und versuchte sich aus dem Laufen heraus in den Sattel zu schwingen. Die ersten beiden Versuche schlugen fehl. Wie schon beim Training auf der Wiese gelang es ihr auch jetzt nicht, aus dem Lauf heraus so viel Sprungkraft aufzubringen, dass sie wieder auf dem Rücken des Ponys landete. Inzwischen lief sie schon eine halbe Runde neben Spikey her. Ihre Arme schmerzten und es schien nur eine Frage der Zeit, bis die Kräfte sie verließen.

Sie hörte die Umstehenden rufen und sah, wie sich jemand dem aufgeregten Pony mit erhobenen Armen in den Weg stellte, um es zum Stehen zu bringen.

Nein!, dachte sie und biss die Zähne zusammen. Dann ist es aus. Es darf nicht alles umsonst gewesen sein. Ein letztes Mal nahm sie ihre Kräfte zusammen und wartete auf den richtigen Augenblick zum Sprung.

Wie in Zeitlupe sah sie den Mann auf sich zukommen, die Arme über dem Kopf erhoben, die Lippen zu einem sich ständig wiederholenden »Ho! Ho!« geformt, während Spikey keinerlei Anstalten machte, das Tempo zu verringern.

Jetzt! Unmittelbar bevor der Mann nach Spikeys Zü-

geln greifen konnte, gelang Julia ein schwungvoller Absprung, der sie zwar unsanft, aber sicher auf Spikeys Rücken zurückbrachte.
Fast gleichzeitig verkürzte sie den linken Zügel und lenkte das Pony so geschickt um den Mann herum, dass dessen beherzter Griff ins Leere ging. Es dauerte noch eine halbe Runde, bis sie wieder richtig im Sattel saß, dann fanden ihre Füße die Steigbügel wieder und sie parierte Spikey haargenau vor dem Tisch von Frau Wallner durch, als sei der ganze Vorfall ein perfekt geplantes Kunststück und kein Missgeschick gewesen.
Der Leiterin des Castings stand der Schrecken noch ins Gesicht geschrieben, als in der benachbarten Halle Jubel und Beifall laut wurde. Atemlos schaute Julia sich um und sah, dass sich die mehr als zwanzig Mädchen am Eingang drängten. Sie alle hatten die außergewöhnliche Showeinlage mit angesehen und applaudierten in unverhohlener Anerkennung. Allen voran stand Svea, die so euphorisch klatschte, als hätte Julia gerade ein wichtiges Turnier gewonnen.
»Nun!« Frau Wallner räusperte sich, um etwas Zeit zu gewinnen und die richtigen Worte zu finden. »Nun«, sagte sie noch einmal mit ernster Miene. »Das war wirklich eine ganz hervorragende Leistung, die du uns da gezeigt hast. Du weißt aber auch, was ich eingangs sagte. Wir können nur Ponys nehmen, die nicht schreckhaft auf Schüsse reagieren . . .«
Die Mädchen am Hallentor, die Frau Wallners Worte gespannt verfolgten, brachen in laute Buh-Rufe und Unmutsbekundungen aus. Julia, die schon mit so etwas gerechnet hatte, senkte beschämt den Blick. Sie wusste

genau, was Frau Wallner nun sagen würde, und fühlte bereits das verräterische Kribbeln in der Nase, mit dem sich bei ihr immer die Tränen ankündigten.
Frau Wallner sagte zunächst gar nichts. Mit Gesten und Bitten versuchte sie die aufgebrachten Mädchen zu beruhigen, was zunächst gar nicht so einfach war. Erst als sich der Lärm gelegt hatte, richtete sie das Wort wieder an Julia. »Wie ich schon sagte, dein Spikey hat sich nicht gerade als *schussfest* erwiesen, aber deine zirkusreife Vorstellung hat mich so beeindruckt, dass ich in diesem Fall ein Auge zudrücken werde.«
Als sie das sagte, klatschten und jubelten die Mädchen, aber Frau Wallner war noch nicht fertig und bedeutete ihnen schmunzelnd leise zu sein. »Das kann ich aber nur deshalb vertreten«, sagte sie mit lauter Stimme, während sie Achtung gebietend den Zeigefinger hob, »weil dein Spikey sich bei der Musik, dem Zuschauerlärm und den ersten beiden Schüssen wirklich vorbildlich verhalten hat.« Sie trat auf Julia zu, reichte ihr die Hand und tätschelte Spikey den Hals. »Wir sehen uns dann morgen um 13.00 Uhr wieder«, sagte sie freundlich.
»Danke!« Julia hatte vor Freude einen dicken Kloß im Hals und wusste nicht, was sie sagen sollte. Sie hatte fest damit gerechnet, ausgeschieden zu sein, und konnte ihr Glück kaum fassen. Langsam lenkte sie Spikey aus der Halle, um Platz für die letzten beiden Reiterinnen zu machen.
»Das war super!« Svea grinste verschwörerisch, als Julia an ihr vorbeiritt. »Kannst mal sehen, was so ein bisschen Training alles ausmacht.«

Nie zuvor hatte Mailin sich so gefreut den knorrigen, alten Apfelbaum zu sehen, über dessen Äste sie schon zweimal in Julias Zimmer gelangt war.
Sturm und Regen hatten dem Elfenmädchen empfindlich zugesetzt. Die Haare waren triefend nass und ihr dünnes Gewand aus hellem Leder so durchgeweicht, dass es ihr wie eine zweite Haut am Körper klebte. In den Stiefeln stand das Wasser.
Am liebsten wäre sie bei Gohin geblieben, der in dem abgelegenen Viehunterstand Schutz vor Wind und Nässe gefunden hatte, doch die Zeit drängte. So hatte sie sich im schwindenden Tageslicht durch das Unwetter gekämpft und sich Mut zugesprochen, indem sie sich ausmalte, wie behaglich warm und trocken es im Haus sein würde. Schon von weitem hatte sie ein Licht hinter dem Fenster von Julias Zimmer gesehen und das Wissen darum, dass ihre Freundin zu Hause war, ließ sie die Unbill des Wetters gleich viel besser ertragen.
Wie ein Dieb in der Nacht schlich Mailin die Dorfstraße von Neu-Horsterfelde entlang und zwängte sich durch die tropfnasse Hecke in den Garten, der Julias Elternhaus umgab. Es gelang ihr gerade noch, den überdachten Teil der Terrasse zu erreichen, als hinter der großen Fensterfront im Wohnzimmer das Licht anging. Hastig

suchte Mailin Schutz in den Schatten der aufgestapelten Gartenmöbel und spähte zum Haus hinüber.
Aber diesmal war es nicht Julia, die ins Zimmer kam, sondern eine Frau mittleren Alters, die nur ihre Mutter sein konnte. Sie setzte sich auf einen der wuchtigen, weichen Stühle, die Mailin bei ihrem letzten Besuch so bewundert hatte, nahm ein kleines, rechteckiges Teil zur Hand und deutete damit auf einen schwarzen Kasten. Im gleichen Augenblick erschienen auf der zuvor dunkeln Vorderseite Gestalten, die sich bewegten.
Magie!
Fassungslos starrte Mailin auf die winzigen Menschen, die augenscheinlich in dem Kasten gefangen waren.
Wie war das möglich?
Julia hatte doch immer behauptet, in ihre Welt gäbe es keine Magie – und nun das! Mailin war von dem ungeheuerlichen Anblick so fasziniert, dass sie für einen Augenblick sogar die beißende Kälte vergaß. Aber dann stand Julias Mutter auf, um noch einen Holzscheit in die Glut des Kaminofens zu werfen, und die junge Elfe wurde sich ihrer misslichen Lage wieder bewusst. Sie musste ins Warme und zwar schnell, sonst würde sie womöglich noch krank werden.
Als Julias Mutter wieder Platz genommen hatte und ihre Aufmerksamkeit erneut den kleinen Menschen in dem schwarzen Kasten zuwandte, wagte sich Malin aus ihrem Versteck hervor und schlich auf den alten Apfelbaum zu. Vorsichtig kletterte sie über die nassen und rutschigen Äste nach oben und erreichte schließlich Julias Schlafzimmerfenster. Die Vorhänge waren nicht geschlossen. Es brannte Licht, aber Julia war nirgends zu sehen.

Vielleicht ist sie gerade nach unten gegangen, überlegte Mailin und beschloss, trotz des Sturms in den schwankenden Ästen auszuharren, bis Julia in ihr Zimmer zurückkehrte.
Zähneklappernd kauert sie sich dicht an der Hauswand in eine Astgabelung und betete, dass es nicht allzu lange dauern möge.

Wie der Regen, der sich in Mailins Haaren sammelte und von dort zu Boden fiel, tröpfelte die Zeit dahin – aber Julia kehrte nicht zurück. Das Elfenmädchen überlegte, ob sie noch einmal hinunterklettern und in das Wohnzimmerfenster schauen sollte, doch ihre Finger waren von Kälte und Nässe inzwischen so klamm, dass sie sich nicht getraute.
Endlich wurde drinnen die Tür geöffnet.
Mailin reckte sich, um besser sehen zu können, doch zu ihrer großen Endtäuschung war es wieder nur Julias Mutter, die gekommen war, um das Licht zu löschen. Für Bruchteile eines Augenblicks fiel noch ein dünner Lichtstreif vom Flur in das Zimmer, dann saß Mailin im Dunkeln.
»Barad!« Das Elfenmädchen konnte ihr Pech kaum fassen. Erst empfing sie das schlechteste Wetter, das man sich überhaupt vorstellen konnte, und dann war die Einzige, die ihr trockene Kleidung hätte geben können, nicht daheim.
Missmutig machte sich Mailin daran, vom Apfelbaum zu klettern, als sie eine der pferdelose Kutschen, die Julia *Autos* nannte, herannahen hörte. Der Lichtschein des seltsamen Gefährts strich durch den Garten, als es lang-

samer wurde und schließlich auf den breiten Weg einbog, der zur Eingangstür des Hause führte.
Vielleicht ist das Julia, dachte Mailin. Mit einem gewagten Satz sprang sie aus fast zwei Metern Höhe auf den durchweichten Rasen und landete unsanft mitten in einer Pfütze. Das kalte Wasser spritzte auf und rann ihr über das Gesicht, doch das kümmerte sie nicht. Hastig rappelte sie sich auf und schob sich an der Hauswand entlang auf das Auto zu.
»... Svea und Julia dürfen morgen noch einmal mitmachen«, hörte sie eine männliche Stimme sagen. »Die Ponys sind über Nacht auf dem Gelände des Reitsportvereins untergekommen. Dann hab ich die Mädchen zu Sveas Tante gefahren.« Der Mann nieste. »So ein Mistwetter. Ich bin total durchgefroren.«
»Komm erst mal ins Haus, Martin«, erwiderte eine Frauenstimme. »Sonst erkältest du dich noch.«
»Ich kann nur hoffen, dass die beiden nicht angenommen werden«, seufzte der Mann, der nur Julias Vater sein konnte, und warf die Autotür ins Schloss. »Es ist eine ziemlich lange Fahrt bis Selkau. Wenn Julia da wirklich mitmacht ...« In diesem Augenblick fiel die Haustür ins Schloss und das Gespräch brach ab.
Julia war nicht zu Hause! Heute nicht und morgen auch nicht! Mailin konnte nicht fassen, was sie gerade gehört hatte. Ausgerechnet jetzt, wo sie die Hilfe ihrer Freundin so dringend benötigte, war diese nicht zu erreichen.
Was nun?
Seufzend lehnte sich Mailin an die Hauswand, schloss die Augen und hielt das Gesicht dem Regen entgegen.

Die Tropfen waren eisig, aber ihre Haut war schon so unterkühlt, dass sie es nicht mehr spürte.
Wenn Julia nicht da war, blieb ihr nichts anderes übrig, als auf eigene Faust zu versuchen, das Elfenpferd zurückzubringen. Immerhin war sie schon ein paar Mal auf der Danauer Mühle gewesen und den grünen Stall, in dem das Pferd stand, würde sie sofort wieder erkennen.
Mailin nieste leise und warf einen prüfenden Blick zum Himmel. Wenn der Regen endlich aufhören würde, konnte sie das Pferd vielleicht sogar noch in dieser Nacht im Schutze der Dunkelheit aus dem Schuppen holen und mit ihm in die Elfenwelt zurückkehren, bevor es hell wurde.
Mailin nieste erneut.
Aus den Augenwinkeln sah sie gerade noch, wie in dem Fenster zu ihrer Linken das Licht anging, und duckte sich rasch. Keine Sekunde zu früh. Schon erschien das Gesicht von Julias Vater hinter der Fensterscheibe. Er warf einen prüfenden Blick in den Garten und starrte in den Regen hinaus.
Mailin hielt den Atem an. Sie hatte Glück. Eine kurze Weile schaute Julias Vater noch nach draußen, dann schüttelte er den Kopf wie jemand, der glaubt sich getäuscht zu haben, und trat vom Fenster zurück.
Das Licht erlosch.
Mailin atmete erleichtert auf. Geduckt verließ sie den Garten im Schutz der Hecke und kehrte im strömenden Regen zu Gohin zurück.

Auf dem Reiterhof

Später konnte Mailin nicht sagen, wie lange sie, nass und frierend, in dem hölzernen Verschlag ausgeharrt hatte. Sie wusste nur, dass es eindeutig zu lange gewesen war. Der überdachte Viehunterstand am Rande einer weitläufigen Weide bot zwar Schutz vor den Wassermassen, die sich aus den dunklen, tief hängenden Wolken unablässig über das Land ergossen. Den eisigen Wind, der in heftigen Böen heranfegte, vermochte er aber nur unzureichend abzuhalten.

So kauerte Mailin fröstelnd und mit angewinkelten Knien in der hintersten Ecke auf dem Boden und ärgerte sich über ihre eigene Dummheit. Wie selbstverständlich war sie davon ausgegangen, dass Julia ihr helfen würde, und hatte nicht einen einzigen Gedanken daran verschwendet, dass ihre Freundin vielleicht nicht zu Hause war.

»Geschieht dir ganz recht, Mailin«, schalt sie sich selbst, zog die Beine noch etwas enger an den Körper und schlang die Arme darum. »So viel Dummheit muss bestraft werden.« Sie nieste erneut, sogar dreimal hintereinander, dann starrte sie wieder in die regenverhangene Dunkelheit hinaus und wartete.

Nach einer Zeit, die ihr wie eine Ewigkeit vorkam, ließen Wind und Regen endlich nach und ein erster Stern lugte durch ein Loch in der aufreißenden Wolkendecke. Mailin erhob sich mit steifen Gliedern und blickte misstrauisch zum Himmel hinauf, wo die Wolken, die der böige Wind vor sich hertrieb, rasch dünner wurden und immer mehr Sterne erschienen.

Das Unwetter zog ab.

Ein dünnes Lächeln huschte über ihr Gesicht. Worauf sie schon nicht mehr zu hoffen gewagt hatte, war doch noch eingetreten.

Der Mond war nirgends zu sehen, aber das war nicht weiter tragisch. Wie alle Elfen konnte Mailin auch in der Nacht gut sehen und außerdem kannte sie den Weg zur Danauer Mühle inzwischen sehr gut. »Na, dann wollen wir mal«, sagte sie leise zu Gohin und wuchtete ihm die regenschwere Satteldecke wieder auf den Rücken.

Der Hengst zuckte zusammen und schnaubte unwillig, als die nass-kalte Decke sein Fell berührte.

»Ja, ich weiß, das ist eklig«, entschuldigte sich Mailin, während sie den Bauchgurt mit klammen Fingern festzog. »Aber ich kann die Decke nicht hier zurücklassen.«

Wenig später ritten die beiden durch den finsteren Danauer Forst. Der Regen hatte aufgehört, aber davon war unter den Bäumen nicht viel zu spüren. Überall tropfte es und der Wind schüttelte das Wasser immer wieder in kleinen Schauern von den nassen Tannenzweigen auf sie herab. Mailin war froh, als sie endlich die befestigte Straße erreichten, die sich zwischen Feldern und Wiesen hindurch zur Danauer Mühle schlängelte. Obwohl Gohins Hufe auf dem harten Belag kaum ein Geräusch verursachten, zog Mailin es vor, ihn auf dem grasbewachsenen Seitenstreifen gehen zu lassen, während sie sich aufmerksam umsah.

In der Ferne entdeckte sie die dunklen Silhouetten einiger Häuser, die dicht beieinander standen. In den Fenstern war kein Licht zu sehen. Es musste also noch mitten in der Nacht sein. Zeit genug, um das Pferd unbemerkt zu holen.

»Jetzt liegt es an dir«, flüsterte sie Gohin zu und klopfte ihrem treuen Gefährten voller Zuneigung den Hals. »Wir müssen mitten auf das Reiterhofgelände. Du musst ganz leise sein – verstanden?«

Gohin schnaubte und ahmte ein Nicken nach, indem er den Kopf leicht auf und ab bewegte. Mailin lächelte. Sie wusste, dass Gohin begriffen hatte, worum es ging. Er verstand sie immer und manchmal schien er sogar zu wissen, was er tun sollte, noch bevor sie es ihm gesagt hatte. Die Seelenverbindung zwischen ihnen war mit den Jahren so eng geworden, dass sie sich auch ohne Worte verstanden, und Mailin konnte sich nicht vorstellen ein anderes Pferd als Gohin zu reiten.

Wie schon bei ihrem ersten heimlichen Besuch auf der Danauer Mühle verließ sie die Straße alsbald und umging die Häuser nahe der Danauer Mühle, indem sie über die weitläufigen Wiesen und Weiden des Reiterhofs ritt, einen weiten Bogen machte und sich dem Anwesen von hinten näherte. Immer wieder musste Gohin dabei über niedrige Zäune springen, die die einzelnen Weiden voneinander trennten, doch das stellte für den kräftigen Hengst kein Hindernis da. So lautlos, wie es nur Elfenpferde vermochten, überwand er die Zäune mit einem eleganten Sprung und setzte so sanft wieder auf, dass Mailin die Erschütterung kaum spürte.

Im dürftigen Schutz einer kahlen Hecke lenkte Mailin Gohin schließlich auf die Stallgebäude zu. Der gepflasterte Platz zwischen den einzelnen Ställen wurde nur spärlich von drei Lampen erhellt, die an den Giebeln der Reithallen und Stallungen befestigt waren. Das Licht spiegelte sich in unzähligen Pfützen, die der Regen auf dem unebenen Boden zurückgelassen hatte, und überzog die nassen Steine mit einem silbernen Glanz, während sich von den Dächern noch immer kleine Rinnsale auf das Pflaster ergossen.

Das Plätschern des Wassers mischte sich mit den gedämpften Geräuschen der schlafenden Ponys und Pferde, die zu dieser Jahreszeit über Nacht in den warmen Ställen standen. Hin und wieder schnaubte eines der Tiere leise oder Stroh raschelte. Einmal hallte sogar ein heftiger Schlag durch die Nacht, als irgendwo ein Pferd mit dem eisenbeschlagenen Huf gegen die hölzerne Boxenwand trat.

Mailin parierte Gohin im Schatten einer Reithalle und schaute sich um. Beim letzten Mal hatte sie das Elfenpferd in einem kleinen Einzelstall vorgefunden, der etwas abseits von den anderen Gebäuden stand, aber diesmal konnte sie den Stall nirgends entdecken. Erst als sie Gohin ein Stück weit auf den Hof hinausgehen ließ, erblickte sie ihn. Der kleine, reetgedeckte Schuppen mit der zweiflügeligen grünen Tür befand sich direkt gegenüber unter einem großen Baum auf der anderen Seite des Hofplatzes.

Mailin atmete auf. Sie hatte schon befürchtet, dass heute alles schief ging, doch der Anblick des kleinen Häuschens machte ihr neuen Mut. Leise schnalzte sie mit der

Zunge und lenkte Gohin am äußersten Rand des Platzes darauf zu.
Heller Dampf stieg von Gohins weißem Fell auf, als er Mailin lautlos über den erleuchteten Hof trug, und seine Atemzüge stiegen als kleine weiße Wölkchen zum Himmel empor. Mailin rechnete fest damit, dass er wieder direkt zur Tür ging, um daran zu schnuppern, doch als sie den Schuppen erreichten, blieb er nur gleichgültig stehen.
»Was ist los?«, flüsterte sie ihm zu. »Ist das Pferd nicht da drin?«
Gohin schnaubte und schüttelte die Mähne.
»Oh, nein. Bitte nicht!« In Gedanken hatte Mailin sich bereits ausgemalt, wie sie das Pferd befreite und mit nach Hause nahm.
Mit einem Satz schwang sie sich von Gohins Rücken, ging zur Tür des Schuppens und griff zögernd nach dem Riegel. Sie war nicht verschlossen. Die metallenen Scharniere knarrten leise, als sie die Tür vorsichtig öffnete, um hineinzuschauen, doch schon der Geruch, der ihr aus dem Innern des Stalls entgegenströmte, ließ keine Zweifel daran, dass sie hier kein Pferd vorfinden würde. Statt nach Stroh und Pferdedung roch es nach frischem Holz und nach etwas, das Mailin nicht kannte. Bis auf ein paar Eimer und eine Leiter war der kleine Raum leer. Die makellos weiß gestrichenen Wände zeigten nicht die kleinste Verunreinigung.
»Barrad!« Mailin konnte gerade noch verhindern, dass sie die Tür vor Wut mit voller Wucht zuschlug. Sie war so enttäuscht, dass sie nicht mehr weiterwusste. Erst der Regen und die Kälte, dann war Julia nicht zu Hause und

nun war auch noch das Elfenpferd verschwunden. Schlimmer konnte es wirklich nicht kommen.
Oder doch?
Als sie den Blick nach Osten wandte, zeigte sich dort jener erste helle Streifen am Horizont, der den nahenden Morgen ankündigte.
Auch das noch! Mailin fühlte, wie ihr die Tränen kamen. Alles ging schief! Es war zum Verzweifeln. Missmutig drehte sie sich um und schwang sich wieder auf Gohins Rücken. »Das war wohl nichts«, murmelte sie und tätschelte den Hals des Schimmels. »Weißt du keinen Rat?«, fragte sie mit müder Stimme. »Du hast das Elfenpferd doch schon einmal gefunden.« Die Frage war nicht wirklich ernst gemeint, aber Gohins Reaktion war erstaunlich. Er wieherte leise und machte ein paar Schritte auf den Hofplatz hinaus. Dort blieb er stehen und starrte mit gespitzten Ohren auf eines der großen, gemauerten Stallgebäude.
»Ist es da drin?«, fragte Mailin hoffnungsvoll. »In dem Stall? Spürst du es?«
Statt einer Antwort ging Gohin noch ein paar Schritte auf den Stall zu, die Ohren starr nach vorn gerichtet.
Mailin zögerte. Ein rascher Blick nach Osten bestätigte ihr, dass die Morgendämmerung unmittelbar bevorstand.
Nicht mehr lange und auf dem verwaisten Reiterhof würde wieder Leben einkehren. Hinter den Fenstern der ersten Häuser war bereits Licht zu sehen und die brummenden Geräusche der seltsamen pferdelosen Kutschen, in denen die Menschen herumfuhren, waren immer häufiger zu hören.

Mailin wusste, dass sie so schnell wie möglich in den schützenden Wald zurückkehren musste, doch wenn sie das tat, würde sie erst in der folgenden Nacht erfahren, ob das Elfenpferd tatsächlich noch auf dem Reiterhof war. Ein ganzer Tag wäre verloren – Zeit, die sie nicht hatte.

Kurz entschlossen, schwang sie sich von Gohins Rücken, führte den Schimmel in den Schutz aufgeschichteter Rundballen, die in einem überdachten Unterstand lagerten, und bedeutete ihm, dort auf sie zu warten.

»Was auch geschieht, verhalte dich ganz ruhig«, flüsterte sie ihm zu. »Hier wird man dich nicht so schnell entdecken.« Dann eilte sie mit großen Schritten zur hölzernen Tür der Stallung zurück und rüttelte daran – sie war verschlossen. Auch das große, zweiflügelige Tor an der Stirnseite des Stalls ließ sich nicht ohne Schlüssel öffnen, und die kleinen, in schwarzes Eisen gefassten Glasscheiben der Fenster waren so trübe, das Mailin nicht hindurchsehen konnte.

Was nun?

Hinter Mailins Stirn überschlugen sich die Gedanken und ihr Herz hämmert wie wild. Nach all den Rückschlägen und Widrigkeiten, die ihr in dieser Nacht widerfahren waren, wollte sie auf keinen Fall davonreiten, ohne das Pferd zumindest gesehen zu haben, und sie suchte fieberhaft nach einer Möglichkeit, in den Stall zu gelangen.

Hektisch wanderte ihr Blick an der Stallwand entlang, sie überprüfte noch einmal die Türen und Fenster. Das Ergebnis war das gleiche: Alles war fest verschlossen. Sie konnte nicht hinein.

Niedergeschlagen machte sich Mailin auf den Weg zu Gohin, um die Suche abzubrechen, da entdeckte sie im Giebel der Stallwand plötzlich eine schmale Holztür, die einen Spalt weit offen stand. Dahinter konnte sie eine kleine Öffnung erkennen, durch die man offenbar auf den Dachboden des Stalls gelangte.

Mailin überlegte nicht lange.

Das alte Mauerwerk mit den Fensternischen und dem großen Tor stellte mit seinen unzähligen Vorsprüngen nicht wirklich ein Hindernis für sie dar, als sie die wenigen Meter bis zur Luke emporkletterte, aber die blassen hellrosa und hellblau gefärbten Wolkenstreifen am Horizont verhießen nichts Gutes.

Die kleine Holztür protestierte mit lautem Quietschen, als Mailin sie öffnete, doch nicht einmal der Lärm konnte sie jetzt noch von ihrem Vorhaben abbringen. Wie ein Dieb zwängte sie sich durch die kleine Öffnung und bahnte sich einen Weg über den mit losem Stroh und gebündelten Strohklappen gefüllten Dachboden, während sie in der Dunkelheit nach einer Treppe Ausschau hielt, die nach unten führte.

Ein schwacher Lichtschein wies ihr schließlich den Weg zu einer Öffnung, durch die man in den Stall gelangte. Eine steile Stiege führte von oben in die schmale Gasse zwischen den Boxen.

Vorsichtig kletterte Mailin hinunter.

Unten angekommen, empfing sie der typische, wohlbekannte Stallgeruch. Die Ausdünstungen von warmen Pferdeleibern, feuchtem Stroh und Mist waren ihr nur allzu vertraut, und obwohl sie hier doch eine Fremde war, übermannte sie für einen Augenblick das wohlige Gefühl, als ob sie gerade nach Hause gekommen sei.

Im Zwielicht des Morgens, das langsam durch die von alten Spinnenweben verhangenen Fenster sickerte, eilte sie von Box zu Box und besah sich die Pferde und Ponys. Manche lagen noch träge im Stroh, andere hatten ihr Kommen bemerkt und streckten ihr neugierig die Nüstern entgegen. Zumeist waren es große braune Pferde, aber sie sah auch zwei gescheckte Ponys und einen wunderschönen Rappen. Aber keines der Pferde sah einem Elfenpferd auch nur entfernt ähnlich – und draußen war es schon fast hell.

Die letzten drei Boxen lagen in unmittelbarer Nähe der Tür, dort wo es am dunkelsten war. In der ersten stand ein wunderschöner Falbe mit buschiger Mähne, in der zweiten fand Mailin eine prächtige Stute, die einem Elfenpferd zwar sehr ähnlich sah, es wegen ihrer dunklen Mähne und der grauen Fellfärbung aber nicht sein konnte.

Wieder nichts!

Langsam näherte sich Mailin der letzten Box. Ihr klopfte das Herz bis zum Hals. Aus Furcht, wieder enttäuscht zu werden, wagte sie zunächst nicht in die Box zu blicken, doch ihr Kommen blieb nicht unbemerkt. Etwas raschelte in der Dunkelheit der Box. Ein Pferd schnaubte und Hufe klapperten, als es sich erhob.

Mailin hielt gespannt den Atem an, da schob sich auch schon ein weißer Pferdekopf neugierig über die Boxentür und streckte ihr die weichen Nüstern schnuppernd entgegen.

Für einen Augenblick stand Mailin wie erstarrt.

»Du bist es!« Sie konnte ihr Glück kaum fassen und fühlte, wie sich ihre Augen mit Tränen füllten. »Du bist es wirklich!« Zärtlich strich sie der Schimmelstute über die Nüstern und schlang ihr die Arme um den Hals. »Ich habe dich wirklich gefunden.«
Die Stute schnaubte leise.
»Ich bin gekommen, um dich nach Hause zu bringen«, flüsterte Mailin der Stute zu. »Nach Hause an den Hof des Elfenkönigs.«
Die Stute richtete die Ohren auf und schnaubte, als hätte sie verstanden.
»Ich hole dich hier raus«, versprach Mailin und wischte die Tränen fort. Plötzlich war sie voller Tatendrang. Wenn sie schnell genug war, konnte sie das Elfenpferd vielleicht noch aus dem Stall führen und mit Gohin verschwinden, ehe es jemand bemerkte. Draußen war es zwar schon hell, aber noch schien alles ruhig zu sein.
Wirklich?
Mailin lauschte. Hören konnte sie nichts, aber mit ihren feinen Elfensinnen spürte sie ganz deutlich, dass sich etwas verändert hatte. Mit wenigen Schritten war sie an der Tür, legte das Ohr an den Türspalt und lauschte. Ganz in der Nähe hörte sie das Brummen einer pferdelosen Kutsche. Eine Tür klappte und Stimmen wurden laut.
Mailin biss sich auf die Lippen und ballte die Fäuste. Der Tag auf dem Reiterhof hatte begonnen. Heute würde sie das Elfenpferd nicht mehr unbemerkt von hier fortbekommen.
Mailin wandte sich um und schlang noch einmal die Arme um den Hals der weißen Stute. »Ich hole dich hier

raus«, wiederholte sie. »Ganz bestimmt.« Sie schloss die Augen und schmiegte die Wange an das weiche Fell. »Ganz bestimmt!«

»... bist heute aber wirklich schon früh auf den Beinen«, hörte sie eine Frauenstimme draußen sagen.

»Ja, das stimmt. In einer Stunde beginnt das Indoor-Tennisturnier«, erwiderte eine andere, sehr viel jüngere Stimme. »Da darf ich nicht zu spät kommen. Aber ich habe heute Nacht kaum ein Auge zugemacht, weil ich nicht wusste, wie White Lady das Unwetter verkraftet. Deshalb hat mich meine Mutter vorher schnell noch hierher gefahren, damit ich mal nachsehen kann, wie es ihr geht.«

»Das nenn ich fürsorglich.«

Ein Schlüsselbund klimperte und Mailin horchte auf. Die beiden waren jetzt so nahe, dass sie bei jedem Schritt das Knirschen der kleinen Steinchen unter den Schuhsohlen hören konnte. Ein letztes Mal strich sie dem Elfenpferd über die Nüstern, dann lief sie durch die Stallgasse zurück zur Stiege.

Als sie die unterste Stufe erreichte, wurde der Schlüssel von draußen in die Stalltür geschoben und die Tür öffnete sich. Helles Tageslicht flutete herein und ein erster Sonnenstrahl fiel auf die Box, in der das Elfenpferd stand. In dem Licht bewegten sich zwei dunkle Gestalten, doch Mailin nahm sich nicht die Zeit, nachzusehen, wer dort gekommen war. Mit katzengleichen Bewegungen erklomm sie die schmale Leiter, suchte Deckung hinter einem Stapel Strohklappen und spähte durch die offene Luke in den Stall hinunter.

»Siehst du, deine Sorgen waren unbegründet«, hörte sie

eine der Frauen unten sagen. Die beiden hatten vor der Box des Elfenpferdes angehalten und streichelten es. Die eine war groß und trug eine gelbe Regenjacke, die andere war etwa so alt wie Julia, hatte kurze rote Haare und trug eine Brille. »White Lady ist ausgeruht und schön wie immer. Anita wird zufrieden sein, wenn sie zurückkommt.«

»Und ich kann beruhigt zum Tennis fahren«, erwiderte das Mädchen erleichtert. »Vielen Dank, Katja, dass du mir so früh schon aufgeschlossen hast. Jetzt spiele ich bestimmt viel besser.« Sie verstummte, wandte sich an das Pferd und sagte: »Und heute Nachmittag machen wir beide einen langen Ausritt durch den Danauer Forst.«

»Na, hoffentlich holt White Lady sich dabei keine schmutzigen Füße.« Katja lachte. »Du weißt doch, dass Anita verdrecktes Fell nicht leiden kann.«

»Bis die wiederkommt, sind die Fesseln längst wieder blitzblank.« Nun lachte auch das rothaarige Mädchen. »Von so übertriebener Reinlichkeit werden wir uns doch nicht von einem schönen Ausritt abhalten lassen. Nicht wahr, White Lady?«

Ein Ausritt! Mailin horchte auf. Das Mädchen wollte also am Nachmittag in den Danauer Forst reiten – mit dem Elfenpferd. Wenn sie es geschickt anfing und ein wenig Glück hatte, würde sie vielleicht doch nicht bis zur nächsten Nacht warten müssen, um an das Pferd zu kommen. Mailin grinste schelmisch. Plötzlich schien alles ganz einfach und die Rückschläge der vergangenen Nacht waren vergessen.

»Hatschi!«

Der Nieser kam so überraschend, dass Mailin ihn nicht zurückhalten konnte. Ein zweiter folgte unmittelbar darauf, doch diesmal gelang es ihr immerhin noch, die Hand vor den Mund zu halten.
»Was war das?« Das Mädchen und Katja wollten den Stall gerade wieder verlassen, doch nun hielten sie inne und schauten sich an. »Das kam vom Heuboden!«, hörte Mailin die Rothaarige ängstlich flüstern. »Da ist jemand.«
»Das haben wir gleich.« Mit großen Schritten stapfte Katja durch die Stallgasse, pflückte im Vorbeigehen eine Gerte vom Haken und nahm Kurs auf die Stiege. »Wer immer da oben ist, kann was erleben«, sagte sie verärgert. »Es wäre nicht das erste Mal, dass sich da oben Mädchen verstecken, die eine Nacht bei ihren Lieblingen im Stall verbringen wollen. Zu Hause erzählen sie, dass sie bei einer Freundin übernachten, und schlafen dann heimlich hier im Stroh.« Noch während sie sprach, erklomm sie die ersten Sprossen der Leiter. »So etwas können wir auf der Danauer Mühle nicht dulden.«
Mailin sah Katja kommen und wagte nicht sich zu rühren. Was sollte sie tun? Der einzige Weg nach unten war die Stiege, aber dieser war ihr verwehrt. Blieb nur noch die Öffnung im Giebel, doch da ging es mehr als zwei Meter senkrecht in die Tiefe. Ein Sprung aus einer solchen Höhe war selbst für eine Elfe ein großes Wagnis. Ganz abgesehen davon, dass Mailin nicht wusste, was inzwischen draußen los war . . .
Die Stufen der Stiege knarrten und Katjas Gesicht erschien in der Öffnung. »Komm heraus«, rief sie in das Zwielicht auf dem Heuboden. »Wir haben dich gehört

und finden dich sowieso. Es gibt nur diesen einen Weg nach unten. Also komm lieber gleich heraus. Das erspart dir und uns eine Menge Ärger.«

Mailin in Bedrängnis

»Guten Morgen, ihr Lieben. Zeit fürs Frühstück.« Ein heller Lichtstreifen schob sich quer über den Teppich bis zu dem aufblasbaren Gästebett, auf dem Julia und Svea schliefen, als Sveas Tante die Tür des Gästezimmers öffnete.

Die beiden Mädchen regten sich verschlafen und blinzelten in die ungewohnte Helligkeit. »Wie spät ist es?«, murmelte Svea gähnend und zog sich die Decke übers Gesicht, um noch ein wenig Dunkelheit zu erhaschen, während Julia sich müde die Augen rieb.

»Es ist gleich halb acht.« Martina Elert, die ältere Schwester von Sveas Mutter, ging zum Fenster und öffnete mit einem Knopfdruck die elektrischen Jalousien. Sie war eine hoch gewachsene Frau mit schulterlangen grau melierten Haaren, die ein wenig an dünne Drähte erinnerten. Die Haarfarbe, eine viel zu große Brille mit dicken Gläsern und vor allem die wenig modische Kleidung, ließen die Zweiundvierzigjährige wesentlich älter erscheinen, doch auf ein jugendliches Aussehen schien Sveas Tante keinen Wert zu legen. Sie war Lehrerin an einer Selkauer Hauptschule, nicht verheiratet, hatte keine Kinder und bewohnte mit ihren zwei Katzen eine schöne Parterrewohnung in einem Dreifamilienhaus. Svea hatte bei der Anreise behauptet, ihre Tante sei etwas schrullig, aber davon hatte Julia bisher noch nichts bemerkt. Im Gegenteil. Martina

Elert war wirklich sehr nett und hatte sich liebevoll um die beiden völlig durchnässten Mädchen gekümmert, die am gestrigen Abend für eine Nacht bei ihr eingezogen waren.
Nachdem Julias Vater sich verabschiedet hatte, weil er sich, wie er sagte, nach einem heißen Bad sehnte, hatte sie Svea und Julia einen Rotbuschtee gekocht und mit einem leckeren Abendbrot versorgt.
Das Gästezimmer war auch schon fertig vorbereitet. Während die nassen Reitsachen im Badezimmer trockneten und der Regen gegen die Fenster trommelte, hatten Svea und Julia mit ihrer Gastgeberin bei Kerzenschein an dem kleinen Esstisch gesessen und ihr von dem Casting erzählt.
Gegen halb elf waren sie ins Bett gegangen, doch während Svea fast auf der Stelle eingeschlafen war, hatte Julia noch lange wach gelegen. Eine seltsame Unruhe hatte sie erfasst, deren Ursache sie sich immer noch nicht erklären konnte. Zunächst hatte sie gedacht, es läge an dem fremden Geruch, der fremden Umgebung und dem ungewohnten Klappern der Jalousien, dann hatte sie überlegt, dass es wohl von dem aufregenden Tag und der Angst vor dem bevorstehenden Casting käme. Schließlich war sie überzeugt gewesen, dass das Unwetter schuld an ihrer Schlaflosigkeit sei, auch wenn sie mit der Begründung nicht wirklich zufrieden war. Irgendwann musste sie dann doch eingeschlafen sein, um nun, nach einer viel zu kurzen und sehr unruhigen Nacht, wieder geweckt zu werden.
»Eure Sachen sind trocken«, hörte sie Sveas Tante gerade sagen. »Ich habe die Heizung im Bad über Nacht

weit aufgedreht. Ihr könnt sie nachher wieder anziehen.«
»Super!« Sveas Stimme wurde von den Daunen gedämpft. Aber dann schob sie die Decke etwas zurück und sagte: »Ich hatte schon befürchtet mich heute in eine klamme Reithose und nasse Schuhe zwängen zu müssen.«
»Keine Sorge.« Martina Elert lachte. »Die Sachen sind trocken und bleiben es auch.« Sie deutete aus dem Fenster. »Das Unwetter scheint vorüber zu sein. Sieht aus, als bekämen wir einen richtigen Sonn-Tag.«

»Nun, was ist? Kommst du freiwillig raus oder muss ich dich holen?« Ärger schwang in Katjas Stimme mit, während sie zwei weitere Stufen der Stiege erklomm, um ihren Worten Nachdruck zu verleihen.
Mailin duckte sich. Dort, wo sie kauerte, konnte Katja sie nicht sehen, doch es war klar, dass diese es nicht bei ihrer Drohung lassen würde. Jeden Augenblick würde sie heraufkommen, um den Heuboden nach der vermeintlichen Pferdenärrin abzusuchen.
Wieder spürte Mailin das verräterische Kribbeln, mit dem sich das Niesen ankündigte, und presste die Hände auf Mund und Nase. Im letzten Augenblick gelang es ihr, das Schlimmste zu verhindern, doch Katja schien besonders gute Ohren zu haben. Das zischende Ge-

räusch, das Mailin durch die vorgehaltenen Hände entwich, genügte, um ihre Aufmerksamkeit zu erregen.
»Also gut!« Katjas Geduld schien jetzt am Ende. Die Stufen knarrten und gleich darauf waren erste Schritte auf dem Holzfußboden zu hören.
Mailin wagte nicht zu atmen. Ihr blieb nur noch ein einziger Ausweg, aber sie war nicht sicher, ob die Elfenmagie, die sie vor den Augen anderer verbarg, auch auf einem Heuboden wirksam war. Der »Unsichtbarkeitszauber«, wie Julia ihn nannte, gelang eigentlich nur in freier Natur und sie konnte nur hoffen, dass das Stroh hinter ihr natürlich genug war, um ihn auch hier wirksam werden zu lassen.
Nach einem letzten Blick auf Katja, die schon gefährlich nahe war, schloss sie die Augen, murmelte leise die uralten Worte, die jedes Elfenkind schon früh lernen musste, und wartete.
Katjas Schritte kamen immer näher. Hin und wieder hielt sie inne, um Strohklappen beiseite zu nehmen und in dunkle Winkel zu spähen, dann setzte sie die Suche fort.
Mailin wagte nicht sich zu rühren. Sie konnte sich selbst und alles in der Umgebung noch gut sehen und nicht erkennen, ob ihr der Zauber geglückt war.
In diesem Augenblick erreichte Katja den Stapel aus Strohklappen, hinter dem sich Mailin versteckte. Das Elfenmädchen hörte ihre Schritte in unmittelbarer Nähe. Katja sagte kein Wort. So langsam, als könne sie Mailins Nähe bereits spüren, pirschte sie sich vorwärts. Endlose Herzschläge lang geschah gar nichts, dann nahm sie die erste Strohklappe fort.

Mailins Nerven waren zum Zerreißen gespannt. Wie erstarrt saß sie da, die Knie dicht an den Körper gezogen, den Rücken fest an die harten Strohklappen gepresst, und beobachtete mit angehaltenem Atem, wie ihre schützende Deckung Stück für Stück zusammenschmolz.

»Hast du sie gefunden?«, rief das rothaarige Mädchen von unten herauf.

»Nein!« Kopfschüttelnd legte die Frau in der gelben Regenjacke eine weitere Strohklappe fort und schaute stirnrunzelnd in die Ecke, in der sich Mailin versteckte. Sie schien zu spüren, dass hier etwas nicht stimmte, und wirkte verwirrt, weil das, was sie sah, ganz und gar nicht mit diesem Gefühl zusammenpasste. »Komisch«, murmelte sie nachdenklich. »Ich könnte schwören, dass sich hier oben jemand versteckt.«

»Vielleicht kamen die Geräusche ja von den Pferden«, hörte Mailin das rothaarige Mädchen sagen. »Ich kann mir nicht vorstellen, dass jemand um diese Jahreszeit freiwillig über Nacht im Stall bleibt. Schon gar nicht bei so einem Unwetter.«

»Sag das nicht!« Mailin spürte Katjas Blicke immer noch auf sich ruhen. »Du glaubst gar nicht, was wir schon alles erlebt haben. Einmal hat sich ein Mädchen bei minus fünfzehn Grad hier oben versteckt, weil ihr Pferd erkrankt war und sie es nicht allein lassen wollte.«

»So was Verrücktes«, gab die Rothaarige zur Antwort und fragte dann: »Hast du denn schon überall nachgesehen?«

»Dahinten war ich nicht.« Katja wandte sich um, hob den Arm und deutete auf die andere Seite des Dachbo-

dens. »Dort liegen die Strohklappen aber auch so dicht, dass sich nicht mal eine Katze dazwischen verstecken könnte.« Wieder wanderte ihr Blick zu der Stelle, wo Mailin hockte. »Ich war mir ganz sicher, dass die Geräusche aus dieser Ecke kamen. Aber ich hab mich wohl getäuscht. Hier ist niemand.«
Draußen ertönte ein kurzes Hupen.
»Das ist meine Mutter!«, rief das rothaarige Mädchen aus. »Ich muss los.« Die Stufen der Stiege knarrten, als sie hastig nach unten ging.
»Viel Glück beim Tennis«, rief Katja ihr nach. Dann klappte auch schon die Stalltür und Mailin hörte, wie das Mädchen über den Hofplatz lief.
»Diese Moni!« Katja schüttelte schmunzelnd den Kopf, warf noch einen prüfenden Blick in die Runde und zuckte dann resignierend mit den Schultern. »Seltsam«, murmelte sie. »Da habe ich mich wohl wirklich getäuscht.« Dann hob sie ein paar Strohklappen vom Boden auf, die ihr den Weg versperrten, stapelte sie wieder übereinander und verließ den Heuboden.
Mailin atmete auf. Sobald Katja den Stall verlassen hatte, würde auch sie hinuntersteigen, Gohin holen und dann rasch von hier verschwinden. Das Elfenmädchen reckte sich und spähte durch zwei Strohklappen hindurch nach unten. Aber Katja hatte offensichtlich gar nicht vor den Stall zu verlassen. Mailin sah, wie sie die einzelnen Pferde in den Boxen liebevoll begrüßte, und hörte, wie sie anschließend mit Gerätschaften hantierte – das konnte länger dauern.
Gleichzeitig wurden draußen immer mehr Stimmen laut. Pferdelose Kutschen brummten heran und die ers-

ten eisenbeschlagenen Hufe klapperten über das Pflaster. Der normale Reiterhofalltag begann.
Gohin! Mailin erschrak. Schlagartig wurde ihr bewusst, dass es nur eine Frage der Zeit war, bis jemand den Hengst zwischen den Rundballen entdeckte. Sie musste hier weg.
So leise, wie es nur Elfen vermochten, richtete sie sich auf und schlich zu der kleinen Luke, durch die sie auf den Heuboden gelangt war. Dass sie nun wieder gesehen werden konnte, weil der schützende Elfenzauber nur wirkte, solange man sich nicht von der Stelle bewegte, war ihr gleichgültig. So gleichgültig wie das laute Quietschen der Holztür und Katjas empörter Ausruf »Da oben ist doch wer!«.
Sie wollte nur von hier fort, und zwar schnell.
Mailin beugte sich weit aus der Luke heraus, spitzte die Lippen und stieß einen Pfiff aus. Das Geräusch war für menschliche Ohren kaum zu vernehmen, aber Gohin reagierte sofort.
Im gleichen Augenblick, als Mailin Katja die Leiter hinaufkommen hörte, ertönten auf dem Reiterhof aufgeregte Rufe und Hufschlag. »Achtung, ein Pferd!«, warnte jemand und ein anderer rief: »Es haut ab. Haltet es auf!«
»Ich hab doch gewusst, dass du dich hier oben versteckst!« Katja hatte Mailin entdeckt und kam erbost auf sie zu.
Nach einem kurzen Blick über die Schulter schwang Mailin die Beine nach draußen und setzte sich in die offene Luke. Na komm schon!, feuerte sie Gohin in Gedanken an. Und kaum hatte sie das gedacht, da preschte der Schimmel auch schon um die Ecke.

»So, jetzt kannst du mir mal erklären, was du hier oben zu suchen hast«, hörte Mailin Katja hinter sich sagen und fühlte, wie die Frau sie mit der Hand an der Schulter berührte, aber sie kümmerte sich nicht darum.
Ohne sich noch einmal umzublicken, stieß sie sich ab – und sprang.
Katjas erschrockener Aufschrei begleitete sie auf dem Weg nach unten. Angst hatte sie keine. Gohin hatte sie längst gesehen und lief so dicht an der Hauswand entlang, dass Mailin einen Sprung riskieren konnte. Nie zuvor hatte sie etwas Ähnliches gewagt. Noch nie war sie aus einer solchen Höhe auf ein herannahendes Pferd gesprungen. Doch die Übereinstimmung zwischen Gohin und ihr hätte perfekter nicht sein können. Als sei dies ein Kunststück, das sie schon hundertmal zusammen geübt hatten, landete sie sicher auf Gohins Rücken und ergriff die Zügel. Der Hengst stieg kurz auf die Hinterbeine, wieherte und preschte dann im vollen Galopp über die angrenzenden Wiesen davon.
Der Wind bauschte Mailins Haare, während Gohins wirbelnde Hufe im Takt ihres hämmernden Herzschlags auf den Boden schlugen. Sie hörte nicht die Rufe der Menschen, die ihre filmreife Flucht beobachtet hatten, und sah nicht, wie Katja ihr von der Luke des Heubodens aus fassungslos nachschaute. Sie blickte nur nach vorn, wo die dunkle Silhouette des Danauer Forsts langsam hinter den Hügeln auftauchte, und lauschte dem vertrauten Dreischlag der Hufe, die über die Wiesen dahinflogen – und schließlich hörte sie auch sich selbst lachen.

Begegnung im Wald

»Voll cool!« Mit offenem Mund starrte Svea aus dem Fenster des kleinen roten Renaults, mit dem ihre Tante die beiden Mädchen zum Country- und Westernvereoin in Selkau fuhr.
»Was?« Julia reckte sich, konnte aber nichts erkennen, weil der Renault in diesem Augenblick auf das Gelände des Westernvereins einbog.
»Na, das Plakat.«
»Was für ein Plakat?«
»Oh, Mann . . .« Svea verdrehte, gespielt genervt, die Augen. »Das für das Westernfestival natürlich.«
»Was ist damit? Ich hab's noch nicht gesehen . . .« Julia verstand immer noch nicht. »Ches Dalton!«, sagte Svea in einem Ton, als erkläre das alles. »Ches Dalton ist auf dem Plakat! In Trapperklamotten!« Irgendwie wirkte ihr Blick plötzlich ganz verklärt. »Er sieht so süß aus . . .«
»Süß?« Sveas Tante lächelte. »Ein Trapper ist doch nicht süß. Er ist . . .«
»Cool. Absolut cool.« Svea schien die Bemerkung gar nicht gehört zu haben. »Was meinst du?«, wandte sie sich an Julia. »Ob ich so ein Plakat bekomme?«
»Du kannst ja mal fragen«, erwiderte Julia und überlegte, wo in Sveas Zimmer wohl noch Platz für ein so großes Poster wäre. »Mehr als *Nein* sagen können sie ja nicht.«

»Alles aussteigen«, rief Sveas Tante in diesem Moment und schaltete den Motor aus. »Wir sind da!«
»Vielen Dank, dass wir bei Ihnen übernachten durften«, sagte Julia, während sie den Sicherheitsgurt löste und die Tür öffnete. »Und das Frühstück war superlecker.«
»Keine Ursache. Das mache ich wirklich gern.« Sveas Tante stieg aus und ging zur Kofferraumklappe. »Wo sollen eure Taschen denn hin?«, erkundigte sie sich.
»Die nehmen wir erst mal mit zu den Pferden«, sagte Svea. »Da gehen sie nicht verloren.«
»Oh, da komme ich mit«, erwiderte Martina Elert und fischte Julias Rucksack aus dem Kofferraum. »Ich fahre doch nicht weg, ohne mir vorher eure Ponys angesehen zu haben.«

Eine halbe Stunde später war Sveas Tante fort. Julia und Svea waren mit Spikey und Yasmin allein. Auf dem Reiterhofgelände war zu dieser frühen Stunde noch nicht allzu viel los, aber bei dem schönen, sonnigen Wetter würde sich das sicher rasch ändern.
»Ich weiß gar nicht, was du hast«, meinte Julia, als Sveas Tante gegangen war. »Deine Tante ist doch gar nicht schrullig.«
»Diesmal nicht.« Svea nickte. »Aber manchmal hat sie echt altmodische Ansichten. Außerdem ist sie anderen gegenüber meist wenig tolerant.« Sie zuckte mit den Schultern. »Liegt vermutlich daran, dass sie keinen Mann und keine Kinder hat. Aber du hast Recht, sonst ist sie ganz o. k.«
»Na, dann bist du aber auch schrullig – jedenfalls manchmal.« Die Wendung der Unterhaltung kam Julia

sehr gelegen. Es wurmte sie noch immer, dass Svea und Carolin sich so heftig gestritten hatten. Ein paar Mal schon hatte sie versucht mit Svea darüber zu reden, aber irgendwie hatte es nie geklappt. Jetzt schien die Gelegenheit günstig und Julia war entschlossen sie zu nutzen.

»Wie meinst du das?«

Obwohl Julia betont sachlich gesprochen hatte, schwang eine Spur von Ärger in Sveas Stimme, als sie Julia anschaute.

»Ich meine, dass du anderen gegenüber manchmal auch nicht gerade tolerant bist«, erwiderte Julia.

»Ach, und wer bitte schön sollte das sein?«

»Carolin«, sagte Julia geradeheraus und fügte schnell hinzu: »Aber das liegt vermutlich daran, dass du noch keinen Freund hattest.«

»Jetzt werd bloß nicht zickig«, brauste Svea auf. »Das ist doch ganz was anderes.«

»So? Ist es das?« Julia blieb ganz ruhig. Auf keinen Fall wollte sie sich jetzt mit Svea streiten, aber das Thema war ihr sehr wichtig. »Hast du denn überhaupt schon mal versucht dich in Carolins Situation hineinzuversetzen?«, fragte sie. »Hast du dir schon mal überlegt, wie es dir ergehen würde, wenn du einen Freund hättest?«

»Nun … ich … also …« Svea suchte nach den richtigen Worten, aber Julia ließ sie nicht zu Wort kommen und hakte sofort nach. »Hab ich es mir doch gedacht«, sagte sie. »Du hast natürlich nicht darüber nachgedacht. Du bist einfach nur eifersüchtig, weil du Carolin nicht mit irgendeinem Typen teilen willst, und es kränkt dich, dass sie ihre Freizeit plötzlich mit jemand anderem verbringt. Deshalb bist du wütend auf sie.«

»Ist das vielleicht verboten?«

»Nee, aber schrullig.« Julia grinste. »Kannst du nicht wenigstens versuchen sie zu verstehen? Dann würdest du nämlich feststellen, dass sie immer noch deine Freundin ist. Alles ist ein wenig anders, klar. Aber dadurch wird eure Freundschaft doch nicht kaputtgehen. Das wird sie nur, wenn du weiter auf zickig machst und bei deiner *Entweder-er-oder-ich-Haltung* bleibst.« Julia sah ihre Freundin eindringlich an. »Carolin und du, ihr seid schon ewig lange befreundet. So etwas gibt man doch nicht auf, das muss man hüten wie einen Schatz.«

»Das solltest du lieber Carolin erzählen«, brauste Svea auf. »Wer kommt denn nicht mehr zur Danauer Mühle? Wer ruft nicht mehr an? Wer tut so, als gäbe es keine anderen Freunde als diesen Typen? Ich? Nein! Das ist Carolin. Ich habe sie so oft angerufen, immer wieder. Aber sie hat sich gar nicht darum gekümmert oder hat mich eiskalt abblitzen lassen. Wenn sie nicht mehr mit mir befreundet sein will, bitte! Ich komme auch gut ohne sie klar.«

»Hast du denn schon einmal mit ihr darüber gesprochen?«, fragte Julia, die genau wusste, dass Svea das natürlich nicht getan hatte. »Hast du ihr gesagt, wie sehr dich ihr Verhalten kränkt? Vielleicht macht sie das alles gar nicht absichtlich. Vielleicht ist sie nur so verliebt, dass sie gar nicht merkt, was sie dir antut.«

»Pah, so weit kommt es noch, dass ich der hinterherlaufe.«

»Hinterherlaufen sollst du ihr ja gar nicht«, lenkte Julia

ein. »Aber gib ihr ein wenig Zeit. Ich bin sicher, wenn du auch mal mit einem coolen Typen gehst, wirst du anders darüber denken.«

»Ich würde meine besten Freundinnen ganz sicher nicht vergessen«, erklärte Svea und fügte rasch hinzu: »Oh, sorry. Meine beste Freundin natürlich. Ich habe ja nur noch eine – nämlich dich.« Sie lächelte. »Und jetzt machen wir die Ponys fertig, sonst können wir sie vor dem Casting nicht mehr richtig warm reiten.« Sie drehte sich um und wollte zu Yasmins Box gehen, aber Julia legte ihr die Hand auf die Schulter und hielt sie zurück. »Denkst du noch einmal darüber nach?«, fragte sie.

»Hm, mal sehen.« Svea machte eine unentschlossene Geste. Julia nahm die Hand fort und beobachtete, wie ihre Freundin die Tür der Box öffnete. »Das wäre wirklich klasse«, sagte sie leise. »Ich habe nämlich immer noch zwei Freundinnen und möchte mich nicht zwischen euch entscheiden müssen.«

Eine Stunde später trabten die beiden gescheckten Ponys in der Bahn des großen, sandigen Reitplatzes, der an diesem Vormittag für die Teilnehmer des Castings freigehalten wurde. Die meisten anderen Mädchen, die Julia schon vom Vortag kannte, waren inzwischen auch eingetroffen. Jene, die eine lange Anreise hinter sich hatten, hatten ihre Ponys ebenfalls über Nacht im Gästestall untergebracht, andere kamen bereits hoch zu Ross auf den Hof geritten. Am Ende fanden sich schließlich alle auf dem Reitplatz ein, um ihre Ponys ein wenig zu bewegen und für die kommende Prüfung warm zu machen.

»Fällt dir was auf?« Svea schloss von hinten zu Julia auf, und warf einen Blick in die Runde.
»Ja, die Pfützen sind riesig. Man kann hier kaum vernünftig in der Bahn reiten.«
»Das meinte ich nicht.« Svea schnitt eine Grimasse. »Hast du dir die anderen schon mal genauer angesehen?« Sie ritt noch etwas näher heran und flüsterte Julia zu: »Die sind alle mindestens zwei Jahre älter als wir.«
»Na und?« Fast wäre Spikey mit Yasmin zusammengestoßen, weil Julia ihn um eine große Pfütze herumlenkte, die Svea übersehen hatte. »Die wissen doch, wie alt wir sind«, sagte sie leichthin. »Wenn nur Ältere mitmachen dürften, wären wir jetzt nicht hier.«
»Das stimmt schon«, meinte Svea. »Ich hab aber trotzdem ein ganz mulmiges Gefühl.«
»Svea!« Julia blickte ihre Freundin kopfschüttelnd an. »Was ist denn plötzlich mit dir los? So kenne ich dich ja gar nicht. Du bist doch nicht etwa aufgeregt?« Sie grinste.
»Nicht mehr als du!« Nun grinste auch Svea.
In diesem Augenblick ertönte ein schriller Pfiff. Julia und Svea schauten sich fast gleichzeitig um. Am Tor stand ein Mann in der dunkelblauen Vereinstracht des Country- und Westernvereins. Er bedeutete den Reiterinnen ihm zu folgen.
»Es geht los!« Sveas Gesicht schien noch eine Spur blasser geworden zu sein, als sie Yasmin wendete und auf das Tor zuhielt. »Ich hoffe, dein Vater kommt noch rechtzeitig zum Daumendrücken. Wir können jeden verfügbaren Daumen gebrauchen.«

Im Laufschritt rannte Mailin auf den Waldrand zu, schwang sich auf Gohins Rücken, der dort auf sie wartete, und trieb ihn an tiefer in den Wald hineinzulaufen. Den ganzen Vormittag hatte sie im feuchten Gras nahe des kleinen Pfads ausgeharrt, der von der Straße zum Reiterhof in den Danauer Forst führte, und dort nach dem rothaarigen Mädchen auf dem weißen Pferd Ausschau gehalten.

Heute Nachmittag machen wir beide einen langen Ausritt durch den Danauer Forst, hatte das Mädchen am Morgen gesagt, und Mailin war fest entschlossen, diese Gelegenheit für sich zu nutzen. Sie hatte zwar auch gehört, dass die Rothaarige zuvor noch irgendwo anders hinwollte. Da sie aber nicht wusste, wie lange das dauern würde, hatte sie sich lieber gleich auf die Lauer gelegt, um sie nicht zu verpassen.

Während sie gewartet hatte, war die Sonne immer höher gestiegen und hatte ihre Lederkleidung fast vollständig getrocknet. Auch ihre Haare waren nicht mehr nass.

Nach der langen feucht-kalten Nacht hatte Mailin die Wärme sehr genossen. Obwohl das Jahr augenscheinlich noch sehr jung war, besaß die Sonne schon viel Kraft und kündete davon, dass der Frühling nicht mehr fern war. Im schattigen Wald hingegen regierte noch der Winter. Dort war es empfindlich kalt und so nass, dass

es noch lange dauern würde, bis das Laub am Boden trocknete.
Der warme Hauch, den die Sonne ihr gespendet hatte, verflog rasch, als Mailin in die Finsternis des Waldes eintauchte. Sie fröstelte und der Gedanke, auch nur eine Nacht länger in der Menschenwelt verbringen zu müssen, jagte ihr eisige Schauer über den Rücken. Wie nie zuvor sehnte sie sich nach der sommerlichen Wärme ihrer Heimat und konnte es kaum erwarten, wieder nach Hause zu kommen.
Aus sicherer Entfernung beobachtete sie, wie die Rothaarige das Elfenpferd über die laubbedeckten Waldwege lenkte. Die Art, wie sie die Zügel hielt, zeugte von Unsicherheit, doch das Elfenpferd war gutmütig und folgte brav den zögernden Kommandos der jungen Reiterin.
»Schön leise sein«, ermahnte Mailin Gohin flüsternd. »Wenn sie uns entdeckt, ist alles verloren.«
Während sie das Mädchen im Schutz des Dickichts verfolgte, überlegte sie fieberhaft, wie sie wohl am besten an das Pferd herankommen konnte. Den ganzen Vormittag lang hatte sie sich darüber schon den Kopf zerbrochen, war aber zu keiner Lösung gekommen. Das Problem war, dass es ihr irgendwie gelingen musste, so nah an das Mädchen heranzukommen, dass sie das Amnesiapulver einsetzen konnte. Solange das Mädchen ritt, war das aber praktisch unmöglich. Die beste Gelegenheit wäre eine Rast, doch Mailin bezweifelte, dass die Rothaarige vorhatte, eine solche einzulegen. Schließlich diente der Ausritt in erster Linie dazu, dem Pferd nach dem langen Tag in der Box Bewegung zu verschaffen.

Wenn sie nicht freiwillig aus dem Sattel steigt, muss ich sie eben dazu zwingen, überlegte Mailin. Aber wie sollte sie das anstellen?
Mailin seufzte. Die Richtung, die das Mädchen einschlug, war jedenfalls günstig. Wenn sie den Pfad nicht verließ, würde sie schon bald an den gekreuzten Buchenstämmen vorbeikommen, unter denen sich das Tor zur Elfenwelt befand.
Vorsichtig tastete Mailin nach dem kleinen Lederbeutel mit dem Amnesiapulver an ihrem Gürtel und beobachtete, wie sich Pferd und Reiterin langsam dem noch immer geöffneten Weltentor näherten. Sehen konnte sie es nicht. Die beiden gekreuzten Buchenstämme lagen viele Schritte vom Waldweg entfernt, und das Tor konnte nur von Eingeweihten gesehen werden. Das Elfenpferd schien die Aura der Magie mit seinen feinen Sinnen zu spüren. Es blieb stehen, spitzte die Ohren und starrte in den Wald hinein.
Die Rothaarige versuchte das Pferd mit sanftem Schenkeldruck und liebevollem Zureden zum Weitergehen zu bewegen, hatte damit aber keinen Erfolg.
»Was ist denn los, White Lady?«, hörte Mailin sie sagen. »Du bist doch sonst nicht so stur. Mit der Nummer könntest du einem Esel locker Konkurrenz machen. Nun komm schon, wir wollen weiter.«
Aber selbst die nachdrücklichen Klapse auf das Hinterteil blieben zwecklos. White Lady rührte sich nicht von der Stelle. Wie eine Pferdestatue verharrte sie auf dem Waldweg.
Mit bebenden Nüstern, die Ohren starr nach vorn gerichtet, starrte sie auf die gekreuzten Buchenstämme,

die sich nicht weit entfernt vor dem Hintergrund der düsteren Tannen abzeichneten.
»Jetzt lauf schon, White Lady!«, drängte die Rothaarige. »Wie lange willst du hier denn noch herumstehen? Ich hab doch nicht ewig Zeit.«
White Lady hob den Kopf, schnaubte und setzte sich in Bewegung. Allerdings nahm sie nicht die Richtung, die ihre Reiterin einschlagen wollte. Ohne auf die ärgerlichen Rufe des Mädchens zu achten, verließ sie den Waldweg und schritt direkt auf das Weltentor zu.
»Sie spürt es!«, flüsterte Mailin Gohin zu. »Sie fühlt, dass dort der Weg nach Hause ist.« Vorsichtshalber ließ sie Gohin noch ein paar Schritte hinter die Tannen zurückweichen, damit das Mädchen den weißen Hengst nicht zufällig entdeckte, dann schwang sie sich aus dem Sattel und huschte so lautlos, wie es nur Elfen vermochten, durch das Unterholz auf die Lichtung zu.
Als sie diese fast erreicht hatte, hielt sie einen Augenblick inne, sammelte sich – und war nicht mehr zu sehen.
»Oh, verdammt noch mal. Was ist denn bloß in dich gefahren?« Das Mädchen war der Verzweiflung nahe. Dem Eigensinn des Pferdes hatte sie nichts entgegenzusetzen.
»Jetzt – geh – endlich – wieder – auf – den – Weg!« Ein drohender Unterton lag in der Stimme des Mädchens. Wütend schwang sie sich aus dem Sattel, ergriff die ledernen Riemen der Trense unterhalb der Kinngrube und versuchte das störrische Pferd mit aller Kraft von der Lichtung fortzuzerren.
Das war der Augenblick, auf den Mailin gewartet hatte.

Während sie sich lautlos von hinten an das Mädchen heranschlich, öffnete sie den Lederbeutel und schüttete sich eine Prise Amnesiapulver auf die Hand.

Eine Entscheidung ...

»Es ist zwar schon fast Nachmittag, aber ich sage trotzdem *Guten Morgen.«* Carmen Wallner lächelte den Mädchen freundlich zu, die mit ihren Ponys in einem Halbkreis vor ihr Aufstellung genommen hatten, und wartete, bis das fünfundzwanzigfach gemurmelte *Guten Morgen* verklungen war, bevor sie weitersprach. »Ich hoffe, ihr hattet trotz des schlechten Wetters eine angenehme Nacht und fühlt euch so richtig fit für die bevorstehenden Prüfungen. Zum Glück hat es rechtzeitig aufgehört zu regnen und wir können die Prüfungen auf dem Platz abnehmen. Von den Pfützen lasst euch bitte nicht stören.« Ihr Lächeln wurde noch ein wenig breiter. »Die Westerntage finden zwar im August statt, aber bei dem typisch norddeutschen Sommerwetter können wir leider nicht immer mit Sonnenschein rechnen. So gesehen muss ich sagen, dass es heute schon sehr reale Show-Bedingungen sind.« Sie schmunzelte, warf einen Blick in die Runde und fuhr dann wieder etwas ernster fort: »Wie ihr euch sicher denken könnt, gibt es bei den Shows der Westerntage nur eine begrenzte Anzahl von Reiterstatisten. Später vor dem Publikum sieht es zwar oft ganz anders aus, aber das liegt daran, dass jeder Statist mindestens drei oder auch mehr Rollen zugewiesen bekommt. Ein paar feste Statisten haben wir natürlich auch. Also Reiter, die in jedem Jahr wieder mitmachen. Unser ältester Indianer ist schon seit fünfzehn Jahren dabei, also schon fast so lange, wie es die Westerntage hier in Selkau gibt. In diesem Jahr suchen wir zum ersten Mal seit langem so viele neue Statisten, dass wir uns entschieden haben, es in der Zeitung bekannt zu geben. Natürlich, und das ist sicher jedem von euch klar, können wir euch nicht alle beschäftigen, aber am Ende dieses Castings werden immerhin acht oder neun von euch wissen, dass sie bei den Shows dabei sind.« Sie machte eine bedeutungsvolle Pause. »Ich freue mich also auf einen spannenden Tag und bin schon sehr neugierig auf euer Können. Heute gibt es für euch fünf Schwierigkeiten zu bewältigen, wie sie bei den Shows vorkommen können. Keine Angst, es sind natürlich nicht so schwierige Kunststücke, wie unsere alten Hase sie vorführen, aber ich denke ... na, ihr werdet es ja gleich sehen.« Sie klappte den College-Block auf, den sie die ganze Zeit im Arm gehalten hatte, und sagte: »Diesmal werden wir eine Reihenfolge festlegen, in der ihr die Prüfungen reitet. Jede von euch reitet alle fünf Schwierigkeiten. Erst dann wird entschieden. Ihr müsst es also nicht so tragisch nehmen, wenn etwas mal nicht auf Anhieb gelingen sollte.« Sie machte eine kurze Pause und sagte dann: »Ja, dann bleibt mir eigentlich nur noch, euch allen viel Glück und Erfolg zu wünschen, bevor ich die Reihenfolge verlese.«

Wenig später hatten die Reiterinnen in der vorgesehenen Reihenfolge am Rand des Sandplatzes Aufstellung genommen.

Eigentlich hätte das Casting sofort beginnen sollen, aber dann war ein Reporter der Lokalzeitung auf den Platz

gekommen und hatte darum gebeten, ein paar Fotos von den Mädchen machen zu dürfen. Nun stand er neben Frau Wallner und notierte auf einem Notizblock eilig die Antworten, die sie ihm auf seine Fragen gab.
Julia nutzte die Gelegenheit, um sich ein wenig umzuschauen. Ihr Vater hatte fest versprochen pünktlich zum Casting wieder da zu sein, doch bisher hatte sie ihn nirgends entdecken können. Alle anderen Mädchen hatten offensichtlich mehr Glück mit ihren »Fans«. An der weiß gestrichenen Umzäunung drängten sich die Zuschauer. Viele winkten oder riefen den Mädchen aufmunternde Worte zu.
»Dahinten steht dein Vater«, sagte Svea und deutete auf das kurze Ende der Bahn. Endlich sah Julia ihn auch. Am liebsten hätte sie laut gerufen, doch sie beschränkte sich darauf, ihm zuzuwinken.
Martin Wiegand erwiderte den Gruß, indem er beide Daumen in die Höhe streckte.
»Oh super, zwei Daumen mehr.« Svea grinste und deutete auf den Reporter, der gerade den Platz verließ. »Die können wir gut gebrauchen – es geht los.«

Die erste Prüfung bestand darin, einen Becher in vollem Galopp mit der Hand von einem niedrigen Tisch zu nehmen und am Ende der Bahn über eine Stange zu stülpen.
Ein Reiter des Country- und Westernvereins im Cowboykostüm machte es den Mädchen perfekt vor, aber Svea zeigte sich davon wenig beeindruck. »Mounted-Games-Standard«, flüsterte sie Julia zu und fügte lässig hinzu. »Ist doch ein Kinderspiel.«

Julia nickte. Die Prüfung ähnelte in der Tat dem »Becher versetzen« der Mounted-Games, einem Reiterspiel, das Svea und sie schon dutzende Male geübt hatten. Die ersten fünf Reiterinnen meisterten die Schwierigkeit dann auch spielend. Die Art, wie sie mit den Ponys umgingen, ließ keine Zweifel daran, dass auch sie erfahrene Mounted-Games-Reiterinnen waren. Die sechste hingegen hatte große Probleme, sich im Galopp so weit aus dem Sattel zu lehnen, dass sie den Becher ergreifen konnte. Vier Mal musste sie den Tisch anreiten, dann hatte sie es endlich geschafft. Aber dann scheute das Pony vor der Stange und der Becher fiel zu Boden. Mit hochrotem Kopf wollte das Mädchen absteigen und ihn aufheben, doch Frau Wallner winkte ab und bedeutete ihr auf ihren Platz zurückzukehren.
Dann war Svea an der Reihe.
Wie erwartet hatte sie bei der Prüfung nicht die geringsten Schwierigkeiten. Der Becher fand wie von selbst den Weg in ihre Hand und Yasmin umrundete die Stange so geschickt, dass Svea ihn fast spielerisch absetzen konnte. Stolz ritt sie an Julia vorbei, die unmittelbar nach ihr dran war, und raunte ihr noch schnell ein »Viel Glück« zu, bevor diese mit Spikey in die Bahn ging.
Auch Julia hatte mit der ersten Prüfung keine Probleme. Gekonnt lenkte sie Spikey mit einer Hand auf den Tisch zu, neigte sich im rechten Moment nach rechts, ergriff den Becher und fand dann augenblicklich wieder in den Sattel zurück, um ihn auf die Stange zu setzen. Im Galopp kehrte sie schließlich an ihren Platz zurück und atmete erleichtert auf. Aus den Augenwinkeln sah sie ihren Vater lachend applaudieren und winkte ihm zu.

Dann richtete sie ihre Aufmerksamkeit wieder auf die anderen Reiterinnen, um zu sehen, ob noch andere einen Fehler machten. Aber die meisten der fünfundzwanzig Mädchen schienen, genau wie sie, über Erfahrungen mit Mounted-Games zu verfügen. Nur drei der Nachfolgenden hatten mit dieser Prüfung echte Schwierigkeiten, die anderen absolvierten sie mühelos.
Bei den beiden folgenden Prüfungen stellte sich heraus, dass es immer dieselben Reiterinnen waren, die sich mit ihren Ponys plagen mussten. Es gelang ihnen weder, sich aus eigener Kraft auf den Rücken ihres trabenden Pferdes zu schwingen, noch konnten sie eine volle Bahnlänge freihändig mit einem Holzgewehr im Anschlag traben, ohne sich zwischendurch festzuhalten.
Svea, Julia und die anderen Mädchen hingegen meisterten die beiden gestellten Aufgaben ohne Beanstandung.
»Siehst du, das Trainieren hat sich gelohnt«, sagte Svea grinsend zu Julia, während sie darauf warteten, dass man ihnen die vierte Prüfung erklärte. »Ich bin sicher, wir kommen durch.«
»Abwarten!« Julia konnte die Zuversicht ihrer Freundin nicht so ganz teilen. »Noch stehen zwei Prüfungen aus. Wir sollten uns nicht zu früh . . . Oh.« Sie verstummte, weil Frau Wallner in diesem Augenblick die vier Mädchen zu sich rief, die bisher bei allen Prüfungen gepatzt hatten. Was sie zu den Mädchen sagte, war für die anderen nicht zu verstehen, aber leicht zu erraten, denn nach einem kurzen Wortwechsel verließen die vier mit hängenden Köpfen den Platz.
»Das war doch klar«, meine Svea unberührt. »Die konnten nun wirklich gar nichts. Ich frage mich schon

die ganze Zeit, warum sie sich hier überhaupt angemeldet haben.«

»Vielleicht haben sie heute nur einen schlechten Tag«, wandte Julia ein, der die Mädchen ein wenig Leid taten.

»Das ist aber ein denkbar schlechter Tag für einen schlechten Tag«, meinte Svea ohne eine Spur Mitleid und zuckte mit den Schultern. »Da kann man nichts machen. Oh, es geht schon weiter.« Sie deutete auf das geöffnete Gatter, durch das der Cowboy gerade wieder auf den Platz ritt. »Mal sehen, was wir als Nächstes machen müssen.«

Lautlos pirschte sich Mailin von hinten an das rothaarige Mädchen heran.

Die junge Reiterin versuchte noch immer die Stute auf den Waldweg zurückzuführen, doch alle Bemühungen blieben vergebens. White Lady rührte sich nicht von der Stelle. Schließlich gab die Rothaarige es auf, an der Trense zu ziehen, und stampfte wütend mit dem Fuß auf den Boden. »Du dickköpfiger Gaul«, schimpfte sie ratlos, nahm die Reiterkappe ab und wischte sich den Schweiß von der Stirn. »Was soll ich denn jetzt machen?« Seufzend wandte sie sich um und riss erschrocken die Augen auf, als sie Mailin entdeckte. »Was ...?« Weiter kam sie nicht. Mit einem raschen Schritt trat

Mailin vor, öffnete die Hand und blies dem Mädchen das Amnesiapulver mitten ins Gesicht.
Die Rothaarige starrte Mailin verblüfft an und öffnete die Lippen, als wollte sie etwas fragen. Dann nieste sie heftig und ihr Blick wurde trübe. Die Lider flatterten. Wenige Herzschläge lang kämpfte sie noch gegen die beginnende Ohnmacht an, dann fielen ihr die Augen zu und sie sank zu Boden.
»Vorsicht, du tust dir noch weh.« Mit einer raschen Bewegung war Mailin bei dem Mädchen und bewahrte sie vor einem schmerzhaften Sturz, indem sie es stützte. Dabei glitt ihr der Beutel mit dem Amnesiapulver aus den Händen, aber Mailin achtete nicht darauf. Sachte ließ sie das bewusstlose Mädchen neben dem Pferd zu Boden gleiten, fasste ihr unter die Achseln und zog sie in den Schutz der hohen Tannen, unter deren Ästen der Boden wenigstens halbwegs trocken war. Die Rothaarige seufzte im Schlaf, als Mailin sie niederlegte, wachte aber nicht auf.
Erschöpft setzte sich das Elfenmädchen neben der Schlafenden auf den Boden. »Tut mir ehrlich Leid«, sagte sie zu dem Mädchen, obwohl sie wusste, dass es sie nicht hören konnte. »Ich stehle wirklich nicht gern.« Sie runzelte nachdenklich die Stirn. »Aber eigentlich ist es ja auch kein Stehlen, wenn man etwas Gestohlenes zurückbringt – oder?« Sie seufzte. »Du würdest es sicher verstehen«, sagte sie entschuldigend, schaute zu dem Elfenpferd hinüber – und sog erschrocken die Luft ein.
»Oh nein!« Fassungslos starrte Mailin auf den kleinen Lederbeutel, dessen Enden zusammen mit einigen Halmen spärlichen Grases aus dem Maul des Pferdes her-

vorschauten. Die Stute kaute und kaute, aber das eiserne Gebiss der Trense verhinderte, dass sie das zähe Leder hinunterschlucken konnte.

»Oh, du dummes Pferd.« Mailin sprang auf. Mit wenigen Schritten war sie bei der Stute und riss ihr den von flockigem grünem Speichel bedeckten Beutel aus dem Maul. »Das kannst du doch nicht fressen.« Sie war so aufgeregt, dass sie nicht wusste, ob sie wütend oder besorgt sein sollte. Ein Blick auf den Beutel genügte, um ihr zu zeigen, dass sich darin kein einziges Stäubchen Amnesiapulver mehr befand.

Das konnte nur bedeuten ...

Das Bild eines schlafenden Pferdes tauchte wie eine böse Vorahnung vor Mailins geistigem Auge auf und eine hämische Stimme flüsterte ihr zu, dass sie mit ihrer Unachtsamkeit nun alles verdorben hätte. Warum hatte sie den Beutel nicht gleich aufgehoben?

Prüfend schaute Mailin das Elfenpferd an, doch die Stute wirkte keineswegs müde. Im Gegenteil. Froh, den störenden Lederbeutel endlich los zu sein, hatte sich White Lady bereits wieder dem jungen Grün zugewandt und fraß genüsslich.

Mailin traute ihren Augen nicht. Sie hatte das Amnesiapulver bereits zum dritten Mal angewandt. Immer hatte nur eine winzige Prise genügt, um Menschen, oder auch Tiere ins Reich der Träume zu schicken. White Lady hingegen musste eine so große Menge davon gefressen haben, dass es für ein halbes Dutzend Menschen gereicht hätte, aber dem Pferd war absolut nichts anzumerken.

»Seltsam.« Mailin runzelte die Stirn. Dann zog sie die

Schultern hoch und lächelte. Wie es aussah, hatte sie noch einmal Glück gehabt. Aus irgendeinem Grund schien das Pulver bei Elfenpferden nicht zu wirken. Der Heimreise stand nichts mehr im Wege.
Sie stieß einen leisen Pfiff aus und Gohin trat aus dem Wald. Die beidem Pferde begrüßten sich, indem sie die Wangen sanft aneinander rieben und sich zärtlich anstupsten, während Mailin mit den Schnallen und Verschlüssen der fremdartigen Trense kämpfte, um White Lady davon zu befreien. Nachdem sie die Trense und den schweren Sattel so gut es ging unter den Zweigen eines Brombeerstrauchs versteckt und mit Laub bedeckt hatte, kehrte sie zu den beiden Pferden zurück und schwang sich auf Gohins Rücken.
Ein kurzer Blick über die Schulter zeigte ihr, dass die Wirkung des Amnesiapulvers bei dem schlafenden Mädchen bereits nachließ. Die Rothaarige stöhnte leise und bewegte sich wie jemand, der gerade aus einem tiefen Schlummer erwacht. Nicht mehr lange und sie würde wieder ganz munter sein.
Mailin war froh, dass die betäubende Wirkung des Pulvers nicht noch länger anhielt. Sie hätte kein gutes Gefühl dabei gehabt, das Mädchen hier allein und schlafend zurückzulassen. Aber jetzt konnte sie den Heimweg beruhigt antreten. In wenigen Minuten würde das Mädchen wieder zu Kräften kommen und keine unangenehmen Nachwirkungen verspüren.
»Dann mal los«, sagte sie leise zu Gohin und schnalzte leise mit der Zunge. Die Zügel in der linken Hand haltend, ergriff sie mit der rechten Hand White Ladys lange Stirnhaare, damit diese dicht bei ihr blieb und auf dem

kurzen Ritt zwischen den Welten nicht verloren ging. Dann führte sie die Tiere auf das Tor zu, wo sich zwischen den gekreuzten Buchenstämmen nun wieder der spiralförmige Sternennebel zeigte.

. . . und eine Enttäuschung

Auf dem Hofplatz des Country- und Westernvereins Selkau herrschte dichtes Gedränge.
Nachdem die nunmehr einundzwanzig Reiterinnen auch die letzte Prüfung absolviert hatten, wurden den Mädchen und ihren Angehörigen auf Kosten des Vereins Kaffee, Kuchen und kühle Getränke angeboten, während sich Frau Wallner, der Regisseur und zwei Angehörige der Festspielleitung zurückzogen, um über die Auswahl der Kandidaten zu beraten.
Die Stimmung unter den Mädchen war gut. Alle hatten die fünf Prüfungen bravourös gemeistert und waren wie selbstverständlich der Meinung, in diesem Jahr bei den Country- und Westerntagen mitreiten zu dürfen.
»Das habt ihr zwei wirklich klasse gemacht«, lobte Martin Wiegand Svea und seine Tochter, während er genüsslich einen Kaffee trank und sich ein Stück Butterkuchen schmecken ließ.
»Das Lob gebührt der hervorragenden Trainerin.« Julia hob ihre Orangensaftflasche und prostete Svea lachend zu. »Und natürlich den gelehrigen Ponys.« Sie wandte sich um und deutete mit der Flasche in die Richtung, wo Spikey und Yasmin standen. Unmittelbar nach der Prüfung hatten die Mädchen sie von Sattel und Trense befreit, ihnen ein Halfter angelegt und sie an einem der Eisenringe angebunden, die zu diesem Zweck an der

Wand der Reithalle befestigt waren. Die Mitarbeiter des Country- und Westernvereins hatten allen Ponys Heu spendiert und die Mädchen hatten sich auf den Weg zum Kuchenbüffet gemacht.

»Du warst aber auch sehr gut.« Svea nickte und schaute mindestens zum hundertsten Mal auf ihre Armbanduhr. »Mann, das dauert aber lange«, stöhnte sie und warf einen ungeduldigen Blick auf die Tür des kleinen Büros, in dem Frau Wallner und die drei Männer noch immer tagten. »Es ist nicht fair, dass man uns jetzt so lange hinhält.«

»Also meinetwegen darf es gern noch zehn Minütchen dauern«, wandte Julias Vater ein. »Der Kuchen ist wirklich lecker. Ich glaube, ich hole mir noch ein Stück.«

»Oh Paps«, Julia schüttelte verständnislos den Kopf. »Wie kannst du nur? Ich bin so aufgeregt, dass ich keinen Bissen herunterbekomme, und du denkst nur an den Kuchen.«

»Na ja.« Martin Wiegand grinste seine Tochter an. »Ich bin hier ja auch nur der Chauffeur und nicht der Star.« Mit diesen Worten drehte er sich um und entschwand in Richtung des Kuchenbüffets.

»Dein Vater ist echt ein cooler Typ«, meinte Svea, als er weg war. »Der kann bestimmt nie richtig sauer sein.«

»Ah, das wäre schön!« Julia winkte lachend ab. »Du hättest ihn mal erleben sollen, als ich mir beim Surfen im Internet einen Virus eingefangen hatte, der alle Daten von der Festplatte seines PCs gelöscht hat.«

»Oh.« Svea machte ein betretenes Gesicht. »Hat er da . . .?«

»Sieh mal, ich glaube es geht los.« Mit klopfendem Herzen deutete Julia zum Büro hinüber, wo die Tür in diesem Augenblick einen Spalt weit geöffnet wurde. »Komm, wir gehen hin.«

Fünf Minuten später hatten sich alle einundzwanzig Reiterinnen vor dem Büro versammelt. Dahinter standen die Freunde und Verwandten der Mädchen. Niemand sagte ein Wort. Alle waren von einer gespannten Erwartung ergriffen. Julias Blicke ruhten auf Frau Wallner, die wieder ihren College-Block in den Händen hielt und lächelnd von einem zum anderen schaute.

»Ich muss sagen, in diesem Jahr habt ihr es uns besonders schwer gemacht«, sagte sie so laut, dass man es auch in der hintersten Reihe noch gut hören konnte. »Alle Mädchen, die heute die fünf Prüfungen geritten sind, waren nahezu gleich gut. Es gab kaum Patzer oder schwer wiegende Fehler zu bemängeln. Deshalb möchte ich euch allen zunächst einmal danken und ein großes Lob aussprechen. Ihr wart alle ganz hervorragend. – Noch nie hatten wir so viele talentierte Reiterinnen bei einem Casting wie in diesem Jahr. Wäre es möglich, würde ich jede von euch auf der Stelle engagieren, doch leider«, sie senkte die Stimme ein wenig, »lässt der begrenzte Rahmen es nicht zu. Deshalb hatten wir die schwere Aufgabe, uns für neun Bewerberinnen zu entscheiden.« Sie machte eine kurze Pause, um die Mädchen auf das einzustimmen, was nun folgte, und sagte dann: »Ich verlese nun die Namen derjenigen, die ab Mitte Juni an den Proben für die Aufführungen teilnehmen werden. Wir haben es uns wirklich nicht leicht gemacht, aber letztendlich mussten wir eine Entscheidung

treffen. Allen, die nicht dabei sein können, möchte ich schon jetzt sagen, dass es kein Grund ist, traurig zu sein. Ihr seid alle ganz ausgezeichnete Reiterinnen.«
Auf dem Platz war es plötzlich so still, dass man eine Stecknadel hätte fallen hören können.
»Karina Altmann.« Ein freudiger Aufschrei gellte über den Platz und die Zuschauer klatschten, doch Frau Wallner hob die Hand und die Geräusche verstummten sogleich. »Sarah von Kelm.«
Das Mädchen neben Svea strahlte und ballte die Fäuste, sagte aber nichts. »Alena Dietermann, Regine Voss, Sandra Schmidt . . .« Frau Wallner hustete und musste die Aufzählung kurz unterbrechen.
Noch vier Namen. Julias Hände krampften sich so fest um die Riemen ihrer Reiterkappe, dass die Knöchel weiß hervortraten.
»Anneke Evers, Julia . . .«
Wiegand, Wiegand. Julia konnte ihren Nachnamen schon fast hören. Vor Aufregung vergaß sie sogar zu atmen. Der Gedanke, wie sie Svea trösten könne, wenn sich herausstellte, dass sie allein zu den Proben fahren würde, blitzte für den Bruchteil eines Augenblicks hinter ihrer Stirn auf, dann . . .
». . . Draeger!«
Julia hatte das Gefühl, als gösse jemand einen Eimer mit eisigem Wasser über ihr aus.
Draeger!
Das musste ein Irrtum sein. Sie hieß doch nicht Draeger. Schwarze Punkte tanzten ihr vor den Augen und sie fühlte einen heftigen Schwindel in sich aufsteigen. In ihren Ohren rauschte das Blut und der Aufruhr in ihrem

Innern machte es ihr unmöglich, die beiden letzten Namen zu hören. Sie sah nur, wie sich Frau Wallners Lippen bewegten und gleich darauf zwei Mädchen, die sich überglücklich in die Arme fielen. Dann spürte sie auch schon das Kribbeln in der Nase, mit dem sich die Tränen ankündigten und das Bild verschwamm vor ihren Augen.

»Nicht traurig sein, Mädchen!« Jemand berührte sie sanft an der Schulter und sie wandte sich um. Hinter ihr stand ihr Vater. »Ihr habt euer Bestes gegeben, darauf könnt ihr wirklich stolz sein«, sagte er und lächelte aufmunternd.

»Pah, was nützt es, das Beste zu geben, wenn man trotzdem verliert!« Erst jetzt bemerkte Julia, dass auch Svea weinte.

»Aber ihr habt doch nicht verloren«, wandte Martin Wiegand ein und reichte den beiden Mädchen ein Papiertaschentuch. »Ihr hattet nur Pech.«

»Pech!« Svea putzte sich die Nase und wischte die Tränen mit dem Ärmel ihrer Jacke fort. »Das ist doch nur ein anderes Wort für verlieren.«

»Pech ist Pech«, beharrte Julias Vater. »Wenn man schlechter ist als alle anderen, dann verliert man. Wenn das Los über Sieg und Niederlage entscheidet, ist es einfach nur Pech.«

»Ist doch völlig schnuppe, wie man es nennt«, meinte Julia deprimiert. »Wir sind raus. Aus! Schluss! Vorbei! Alle Mühe war vergebens.«

»Nicht ganz vergebens«, hörte sie plötzlich jemanden hinter sich sagen. Julia schaute sich um und blickte direkt in des Gesicht von Frau Wallner. »Es tut mir wirklich Leid«, sagte diese so aufrichtig, dass man es ihr einfach glauben musste. »Es war nicht gelogen, als ich vorhin sagte, am liebsten hätte ich euch alle genommen. Aber das geht nun mal nicht. Svea und du, ihr seid die Jüngsten hier«, erklärte sie. »Vierzehn Jahre ist, wie ihr wisst, das Mindestalter für eine Bewerbung. Da die Auswahl in diesem Fall aber so groß war, zog der Regisseur es leider vor, doch mit älteren Mädchen zu arbeiten.«

»Aha, wir sind also zu klein!«, meinte Svea bissig. Obwohl sie nicht mehr weinte, war ihr noch immer deutlich anzusehen, wie gekränkt sie war.

»Er hatte die Wahl«, Frau Wallner machte eine entschuldigende Geste. »Wären die anderen nicht ebenso gut gewesen wie ihr, wäre die Entscheidung sicher anders ausgefallen.« Sie reichte Svea ein verschlossenes Briefkuvert und sagte. »Das ist für euch. Ein kleines Trostpflaster sozusagen. Ich hoffe, ihr habt Freude daran.« Sie beugte sich etwas vor, zwinkerte Julia und Svea verschwörerisch zu und sagte leise: »Wenn ihr mögt, versucht es doch im kommenden Jahr noch einmal. Meine Telefonnummer habt ihr ja. Wenn es genügend qualifizierte Bewerber für die freien Statistenrollen gibt, müssen wir es vielleicht gar nicht erst in der Zeitung bekannt geben. Ihr wart wirklich gut.«

»Mal sehen.« Svea schniefte und drehte den Umschlag unschlüssig in den Händen. Offensichtlich war ihr nicht danach, freundlich zu sein, doch Julia verstand sofort. »Vielen Dank für den Tipp«, sagte sie und versuchte ein Lächeln. »Wir überlegen es uns.«

Frau Wallner lächelte und verabschiedete sich. Dann

wandte sie sich um und machte sich auf den Weg zum Büro.
»Im kommenden Jahr ...« Julia seufzte. Wie unendlich weit weg das war. Viel zu weit, um jetzt über die Enttäuschung hinwegzutrösten.
Plötzlich fiel ihr noch etwas ein. »Warten Sie!« Ohne auf die verdutzten Gesichter von Svea und ihrem Vater zu achten, rannte Julia Frau Wallner hinterher.

Mailin spürte die Furcht der Stute, als sei es ihre eigene, während sie die kalte und düstere Sphäre zwischen den Welten durchquerten. Wenn Gohin nicht gewesen wäre, wäre White Lady vermutlich davongelaufen und für immer in den Nebeln verschwunden, doch die Ruhe des erfahrenen Hengstes schien beruhigend auf sie zu wirken. Tapfer blieb sie an Gohins Seite und machte keine Anstalten, sich aus Mailins Griff zu befreien.
Der Weg war nicht lang. Nur wenige Herzschläge nachdem das Elfenmädchen und die beiden Pferde den Danauer Forst verlassen hatten, tauchten Gohins Hufe in das seichte Wasser des Weihers, über dem sich das Tor für sie aufgetan hatte.
Enid stand am Ufer und erwartete sie.
»Du kommst früh«, sagte sie lächelnd, als Mailin ans Ufer kam. »Und wie ich sehe, nicht mit leeren Händen.«
»In der Welt der Menschen herrscht noch fast Winter.«

Bei dem Gedanken an Kälte, Wind und Regen fröstelte Mailin. »Ich bin froh wieder hier zu sein.«
»Hast du deine Freundin angetroffen?«, fragte Enid und begrüßte die Pferde, indem sie ihnen ein Stück Süßwurz reichte.
»Nein!« Mailin schüttelte den Kopf, schwang sich von Gohins Rücken und führte die Pferde noch ein Stück weit das flache Ufer hinauf. »Sie war nicht daheim.«
»Das ist schade. Aber wie ich sehe, warst du nicht auf ihre Hilfe angewiesen.« Enid strich White Lady sanft über die Nüstern und lächelte glücklich. »Es ist unglaublich, aber dies ist wirklich *Aeglos,* das Pferd, dessen Verschwinden man mir anlastet. All die Jahre . . . Oh.« Sie stutzte, als erinnere sie sich plötzlich an etwas, und eilte zu dem kleinen Bündel, das sie am Waldrand abgelegt hatte. Mailin beobachtete, wie sie es öffnete und eine flache Schale und kleines Tongefäß daraus hervorholte. »Vor lauter Freude hätte ich das Wichtigste fast vergessen.«
»Was ist das?«, fragte Mailin.
»Ahnst du es nicht?« Enid hielt das tönerne Gefäß so, dass Mailin es besser sehen konnte. Aber die Öffnung war mit einem Korken verschlossen und Mailin konnte nicht erkennen, was sich darin befand. »Nein.«
»Das ist ein Heiltrank aus dem Balsariskraut, um das ich dich nach deiner zweite Reise zwischen den Welten bat. *Aeglos* muss ihn sofort zu sich nehmen, sonst wird sie ein ungleich schlimmeres Schicksal ereilen als den armen Shadow.« Sie entfernte den Korken und goss die ganze Flüssigkeit in die Schale. »Die Stute war so lange fort. Wenn die Krankheit, die Shadow fast das Leben

gekostet hat, erst bei ihr ausbricht, könnte es böse enden.«

Mailin sah, wie die Elfenpriesterin der Stute etwas ins Ohr flüsterte und ihr die Schale reichte. »Verzeiht«, sagte sie und senkte schuldbewusst den Blick. »Daran, dass das Pferd krank werden könnte, habe ich nicht gedacht.«

»Es gibt nichts, wofür du dich entschuldigen müsstest«, sagte Enid milde. »Du bist Pferdehüterin, keine Heilerin.« Sie zwinkerte Mailin zu. »Hätte ich die Kräuter von dir nicht bekommen, um diesen Trank herzustellen, hätte ich dir niemals gestattet, *Aeglos* zurückzuholen.«

»Dennoch muss ich Euch um Vergebung bitten.« Mailin wagte nicht aufzusehen.

»Warum?« Enid stellte die Schale auf dem Boden ab und trat näher. »Was ist geschehen?«

»Ich war unachtsam.« Beschämt reichte Mailin der Elfenpriesterin den leeren Lederbeutel.

»Leer?« Enid zog erstaunt die Augenbrauen in die Höhe. »Wie ist das möglich? Hattest du so große Schwierigkeiten?«

»Nein. Ich . . . ich habe es verschüttet.« Die wenigen Worte kosteten Mailin große Überwindung. »Ich musste das Amnesiapulver verwenden, als ich das Pferd mitnahm. Dabei ist mir der Beutel aus der Hand gefallen.«

»Oh.« Enid nickte bedächtig »Das ist wahrlich keine erfreuliche Nachricht«, sie lächelte. »Aber ich denke, in diesem Fall wiegt die Heimkehr der Stute den Verlust auf. Immerhin hat es dir zuvor noch gute Dienste geleistet.« Sie legte Mailin tröstend die Hand auf die Schulter.

»Jetzt gräme dich nicht länger und komm mit. Die Wachen am Waldrand sind sicher schon ungeduldig.«
»Das ist aber noch nicht alles.« Mailin rührte sich nicht von der Stelle.
»Nicht alles?«
»Nein.«
»Was ist geschehen?«
»*Aeglos* hat das Pulver gefressen.« Dies einzugestehen war Mailin so peinlich, dass sie vor Scham am liebsten im Boden versunken wäre. »Man merkt es ihr nicht an, aber sie hatte den Beutel im Maul und hat darauf herumgekaut.«
»Bei allen Göttern!« Bestürzt schaute Enid von Mailin zu *Aeglos* und dann wieder zurück. »Ist das wahr?«
Mailin nickte stumm.
»Heilige Mutter Mongruad.« Enid schüttelte den Kopf und fuhr sich mit den Händen über das Gesicht, als sei sie auf einmal sehr müde. »Das ist nicht gut. Wir müssen ...« Sie verstummte und lauschte.
Ein leises, pfeifendes Geräusch, das keinen Ursprung zu haben schien, erfüllte plötzlich die Luft. Der Ton wirkte in der Stille des Schweigewaldes so fremd, dass selbst Mailin ihren Kummer für einen Augenblick vergaß und verwundert aufschaute. »Was ist das?«, flüsterte sie.
»Schscht ...« Enid legte mahnend den Finger auf die Lippen und schaute zum Weiher hinüber, über dessen Wasserfläche sich noch immer der spiralförmige Nebel des geöffneten Weltentores zeigte. Für Bruchteile von Sekunden geschah nichts, dann flog etwas kleines dunkles aus den wogenden grauen Schleiern und landete mit einem leisen *Platsch* im ufernahen Wasser des Weihers.

Verwirrung auf der Danauer Mühle

»Nun, wie es aussieht, war die Mühe nicht ganz vergebens.« Svea zog den Briefumschlag, den sie und Julia zum Abschied von Frau Wallner erhalten hatten, aus ihrem Rucksack und fächelte sich damit Luft zu. Sie hatte die anfängliche Enttäuschung inzwischen überwunden und ihre gute Laune während des langen Heimwegs schon fast wieder gefunden.

»Mach doch mal auf«, drängte Julia, die den Umschlag schon fast vergessen hatte. Jetzt rückte sie umso neugieriger an ihre Freundin heran und fasste den Umschlag mit Daumen und Zeigefinger an. »Was da wohl drin ist?«, überlegte sie

»Bestimmt zwei Eintrittskarten für die Country- und Westerntage in Selkau.« Svea verzog das Gesicht wie ein Kommissar auf Spurensuche und hielt den Umschlag ins Sonnenlicht. Hinter dem hellen Papier zeichnete sich ein etwas kleinerer, rechteckiger Schatten ab. »Na, sag ich doch«, meinte sie selbstzufrieden. »Zwei Eintrittskarten.«

»Nun mach schon auf.« Julia grapschte nach dem Umschlag, doch Svea ließ ihn sich nicht aus der Hand nehmen. Kichernd hielt sie ihn so, dass Julia ihn nicht erreichen konnte, und riss vorsichtig eine Ecke ab. Indem sie den Zeigefinger als Brieföffner benutzte, schlitzte sie das Kuvert auf, hielt es aber so, dass Julia nur die Rück-

seite des Umschlags sehen konnte, während sie den Inhalt daraus hervorzog.
»Oh«, rief Svea aus und eine Spur von Missmut schwang in ihrer Stimme mit. »Ich habe mich getäuscht. Das sind gar keine zwei Eintrittskarten.«
»Nein?« Die Enttäuschung stand Julia ins Gesicht geschrieben, zu gern hätte sie sich die Stunts der Reiterstatisten noch einmal aus der Nähe angesehen. »Was ist es denn?«
»Es sind *vier* Freikarten!« Schwungvoll hielt Svea Julia die Karten hin. »Toll nicht?«
»Blöde Kuh, mich so zu erschrecken.« Lachend nahm Julia ihrer Freundin die Karten aus der Hand und versuchte im Zwielicht des Wageninnern zu entziffern, was darauf zu lesen stand.
Für wenige Herzschläge sagte sie nichts, dann entfloh ihr ein ehrfürchtiges »Wow!«.
»Was ist?« Nun war es Svea, die sich neugierig vorbeugte. »Was steht da?«
»Halt dich fest, Svea.« Julia ergriff die Hand ihrer Freundin und machte ein feierliches Gesicht. Dann hob sie die vier Karten in die Höhe und sagte: »Das sind nicht nur vier Eintrittskarten. Das sind ...« Sie machte eine Pause, um Svea noch ein wenig zappeln zu lassen, und sagte dann: »Das sind Backstage-Karten.«
»Backstage-Karten?« Svea begriff nicht sofort. »Heißt das ...?«
»Ja! Wir dürfen hinter die Kulissen! Wir können mit den Schauspielern reden und ihnen bei den Vorbereitungen zusehen. Und das Beste: Wir werden Ches Dalton begegnen!«

»Ches Dalton!«, hauchte Svea und blickte Julia an, als könne sie es nicht glauben. »Ches Dalton! Ich ... ich fasse es nicht. Ich werde Ches Dalton sehen, mit ihm sprechen ... Wahnsinn.« Svea strahlte übers ganze Gesicht. »Wow«, seufzte sie. »Dafür hat sich der ganze Aufwand zehnmal gelohnt. Backstage-Karten! Das ist das beste Trostpflaster, das ich jemals bekommen habe.«

»Der kleine Tipp für das nächste Jahr war aber auch nett«, fügte Julia hinzu und bemühte sich um einen möglichst sachlichen Tonfall, damit Svea nicht bemerkte, dass auch sie sich über das bevorstehende Treffen mit dem umschwärmten Schauspieler freute. »Schließlich hätte Frau Wallner es uns ja auch gar nicht sagen müssen. Ist doch Ehrensache, dass wir uns wieder bei ihr melden – oder?«

Svea antwortete nicht. Das Gesicht vor Aufregung puterrot, blickte sie versonnen aus dem Fenster, als könne sie ihren großen Schwarm dort draußen schon irgendwo sehen.

»He, Svea! Hörst du mich?« Julia fasste ihre Freundin am Arm. »Wenn es stimmt, was Frau Wallner gesagt hat, haben wir im kommenden Jahr echt gute Chancen.«

»Hm ...« Auf Sveas Gesicht zeigte sich keine Regung. Versonnen schaute sie aus dem Wagenfenster, wo die kahlen, sonnenbeschienenen Bäume eines Waldes rasch vorüberzogen.

»Oh Mann, das darf doch nicht wahr sein.« Seufzend lehnte sich Julia im Sitz zurück und schloss die Augen. Wenn das mit Sveas Ches-Dalton-Schwärmerei so wei-

terging, würde man bald kein vernünftiges Wort mehr mit ihr wechseln können!
Plötzlich hellte sich ihre Miene auf. »Mensch, das hätte ich doch glatt vergessen.« Sie schnitt eine Grimasse und schlug sich mit der flachen Hand gegen die Stirn. Dann öffnete sie kurz den Sicherheitsgurt, stand auf und beugte sich nach vorn, um etwas vom Beifahrersitz zu holen. »Hier, das ist für dich«, sagte sie und warf Svea eine dicke Papprolle auf den Schoß.
Die Berührung riss Svea aus ihren Gedanken »Für mich?«, fragte sie verwundert und drehte die Rolle in den Händen. »Was ist das?«
»Mach es auf!« Gespannt beobachtete Julia, wie ihre Freundin die Papprolle an einer Seite öffnete und den Inhalt hervorzog.
»Wow, Julia. Das ist . . . Das ist unglaublich!« Überrascht starrte Svea auf das Plakat der Country- und Westerntage in Selkau, dass sie am Morgen vom Auto aus bewundert hatte. »Wo hast du das her?«, fragte sie staunend. »Ich hab den Programmleiter heute Mittag gefragt, ob ich eines bekomme, aber er wollte mir keines geben.«
»Ich weiß«, Julia nickte. »Aber Frau Wallner scheint ein Herz für unglückliche Bewerberinnen zu haben.« Sie zwinkerte Svea zu. »Sie wünscht dir viel Freude daran.«
»Oh Julia, du bist wirklich die beste Freundin, die man sich wünschen kann.« Svea strahlte. »Und ob ich Freude daran habe. Das Poster nehme ich natürlich mit und lasse mir von Ches Dalton ein Autogramm darauf schreiben. Dann bekommt es einen Ehrenplatz in meinem

Zimmer.« Sie entrollte das Plakat. »Sieh nur, wie süß Ches darauf ...«
»Nanu, was ist denn da los?«, ertönte plötzlich Martin Wiegands Stimme von vorn. »Hoffentlich kommen wir da durch.«
Julia und Svea verstummten und schauten neugierig aus dem Fenster, um zu sehen, was Julias Vater meinte. Sie fuhren bereits auf dem asphaltierten Stück Straße, das zur Danauer Mühle führte. Durch das Fenster auf der Beifahrerseite konnten sie den Reiterhof schon sehen. Auf den Parkplätzen vor dem Privatstall stand mindestens ein Dutzend Autos. Zwei davon waren ganz unverkennbar Polizeiwagen und ein Notarztwagen war auch zu sehen.
»Oje. Das sieht nicht gut aus«, murmelte Svea.
»Hoffentlich ist es nichts Schlimmes«, meinte Julia.
Gleich darauf bog ihr Vater in die Einfahrt ein und fuhr im Schritttempo an den parkenden Autos vorbei. Immer wieder musste er anhalten, weil es für den Anhänger gefährlich eng wurde oder weil Passanten den Weg kreuzten.
»Das ist ja ein Betrieb wie bei einem Turnier«, meinte Svea kopfschüttelnd und betätigte den elektrischen Fensteröffner, weil sie jemanden erkannt hatte. »Hallo, Regine«, rief sie einem Mädchen zu. »Was ist denn hier los.«
»Das weiß ich nicht genau!« Regine zuckte mit den Schultern. »Soviel ich gehört habe, wurde ein Pferd gestohlen.«
»Ein Pferd? Gestohlen?« Svea ließ sich auf den Sitz zurückplumpsen und schloss das Fenster. »Am helllichten

Tag?« Sie machte ein ratloses Gesicht. »Das ist ja ein Ding.«
In diesem Augenblick kam der Van zum Stehen, weil der Notarztwagen ihnen den Weg versperrte. »Endstation.« Julias Vater, der sonst immer eine unerschütterlich gute Laune besaß, wirkte leicht genervt. »Solange der nicht Platz macht, können wir die Ponys nicht ausladen.« Er drehte sich zu den Mädchen um und fragte: »Seid ihr so lieb und lauft zu Frau Deller ins Büro und sagt ihr, dass wir zurück sind? Ich weiß ja nicht, was hier los ist, aber vielleicht kann sie bei dem Fahrer des Rettungswagens ein gutes Wort für uns einlegen – falls das möglich ist.«
»Klar, Paps!«
»Sind schon unterwegs.«
Als hätten Svea und Julia nur auf diese Frage gewartet, sprangen sie aus dem Auto und rannten zum Büro des Reiterhofs. Doch als sie dort ankamen, mussten sie feststellen, dass auch hier ein Durchkommen unmöglich war. Die Tür zum Büro war geschlossen. Davor standen etliche Reiterinnen in kleinen Gruppen beisammen und diskutierten aufgeregt miteinander.
»Ich war heute Morgen auch hier . . .«
»Der Anruf kam völlig überraschend. Frau Deller sagte, es sei ein Pferd gestohlen worden . . .«
». . . sollen bestimmt eine Aussage machen.«
»Ja, die Polizei verhört alle in der Reiterklause . . .«
Die Gesprächsfetzen, die Julia aufschnappte, ergaben für sie nur wenig Sinn. Svea sprach die eine oder andere Reiterin an, doch die Auskünfte, die sie erhielt, waren mehr als dürftig. Alle, die sich hier versammelt hatten,

waren offensichtlich angerufen worden, weil sie an diesem Morgen auf dem Reiterhof gewesen waren. Nun sollten sie nacheinander in die Reiterklause kommen, dem kleinen, behaglichen Besprechungsraum, gegenüber von Frau Dellers Büro, und dort eine Aussage für die Recherchen der Polizei machen.

Wie Regine schon gesagt hatte, war an diesem Nachmittag ganz offensichtlich ein Pferd gestohlen worden, doch niemand konnte Genaues dazu sagen.

»Sieht nicht so aus, als ob wir jetzt ins Büro kommen«, meinte Julia zu Svea. »Ist wohl besser, wir laden die Ponys dort aus, wo wir jetzt stehen.« Sie wollte sich umdrehen und zum Wagen zurückgehen, doch Svea hielt sie fest und deutete auf die Tür zum Büro. »Warte!«, raunte sie Julia zu. »Da kommt gerade jemand heraus!« Sie reckte sich, um besser sehen zu können. »Das ist Katja«, rief sie aus. »Sie weiß bestimmt Bescheid. Komm mit, wir fragen sie, was los ist.«

Svea war jedoch nicht die Einzige, die Katja entdeckt hatte. Kaum dass die Betreuerin der Reitschulponys die Tür hinter sich geschlossen hatte, wurde sie auch schon mit Fragen bestürmt. Ein paar Mal gab sie Auskunft, doch dann hob sie die Arme und sagte so laut, dass alle es hören konnten: »Die Fragen wird man euch drinnen sicher beantworten. Ich weiß leider auch nicht viel mehr als ihr. Also lasst mich bitte durch. Irgendjemand muss sich heute schließlich noch um die Ponys kümmern.«

Die Mädchen murrten enttäuscht, aber sie machten die Treppe frei und ließen Katja passieren. Sie wirkte so erschöpft und bedrückt, dass Julia es nicht gewagt hätte, sie anzusprechen. Aber Svea kannte keine Hemmungen, wenn es darum ging, Neuigkeiten zu erfahren.

»Hallo, Katja!« Mit wenigen Schritten war sie neben Katja und berührte sie am Arm. »Sag mal, was ist denn hier los?«, fragte sie geradeheraus. »Hier geht es ja schlimmer zu als auf einem Reitertag.«

»Oh, hallo, Svea. Hallo, Julia«, Katjas sonst so resolute Stimme klang ungewöhnlich matt. »Leider ist der Grund für den Trubel nicht ganz so erfreulich.« Sie seufzte und fuhr sich müde mit den Händen über das Gesicht. »Ihr seid doch eng mit Moni befreundet – nicht wahr?«

»Ja, klar«, Svea nickte. »Was ist mit ihr?«

»Sie sitzt ziemlich in der Patsche – White Lady ist verschwunden.«

»White Lady?«, riefen Svea und Julia wie aus einem Munde. »Wann ist das geschehen und wie?«

»Vor etwa zwei Stunden im Danauer Forst«, erklärte Katja. »So genau wissen wir das noch nicht. Moni behauptet, sie könne sich nicht daran erinnern, was geschehen ist. Sie wisse nur, dass sie mit White Lady in den Forst geritten ist. Dann wollte die Stute plötzlich nicht mehr weiter. Danach fehlt ihr jegliche Erinnerung. Als sie wieder zu sich kam, war White Lady fort.«

»Fort?« Julia runzelte die Stirn. »Aber wohin?«

»Gestohlen, vermutlich.« Katja zuckte mit den Schultern. »Jedenfalls ist White Lady noch nicht wieder aufgetaucht. Ist eine ziemlich blöde Situation für eure Freundin. Die Polizei scheint nämlich zu glauben, sie täusche den Gedächtnisverlust nur vor. Deshalb hat Frau Deller auch den Notarzt gerufen, es hätte ja sein

können, dass sie eine Gehirnerschütterung hat. Aber Moni fehlt nichts. Vom Pferd gefallen ist nicht, so viel steht fest. Sie hat nicht mal blaue Flecken oder eine Schürfwunde. Deshalb vermutet die Polizei, dass sie ihnen etwas verheimlicht. Sie sagen es nicht, aber es hört sich fast so an, als würden sie Moni verdächtigen, etwas mit der Sache zu tun zu haben. Das arme Mädchen. Sie kann von Glück sagen, dass Anitas Eltern erst morgen aus dem Urlaub zurückkommen.« Katja verzog das Gesicht und schüttelte den Kopf. »Also ich möchte jetzt nicht in ihrer Haut stecken.«
»Die glauben wirklich, Moni würde mit Pferdedieben gemeinsame Sache machen?« Svea schüttelte empört den Kopf. »Das ist doch völliger Blödsinn.«
»Das sagt Frau Deller auch.« Katja deutete auf die Tür zum Büro. »Sie hat sofort Monis Mutter angerufen. Die ist jetzt auch da drin. Aber wenn ihr mich fragt, eine Hilfe ist sie nicht. Die heult nun schon seit einer Stunde wie ein Wasserfall und beteuert immer wieder, dass Moni unschuldig ist.«
»Hat denn schon jemand nach White Lady gesucht?«, wollte Svea wissen.
»Ja, ich.« Katja nickte. »Und mindestens noch ein Dutzend andere. Aber das war eigentlich von vornherein aussichtslos. Wenn Pferde durchgehen, laufen sie nicht einfach irgendwohin, sondern kommen zum Stall zurück – spätestens wenn sie sich beruhigt haben.«
»Du meinst also auch, dass sie gestohlen wurde?«, fragte Julia, die plötzlich ein ganz merkwürdiges Gefühl in der Magengegend hatte.
»Schon möglich.« Katja machte ein nachdenkliches Ge-

sicht. »Der Tag fing schon so seltsam an. Vielleicht hat dieses Mädchen ja auch etwas damit zu tun, das ich heute Morgen auf dem Heuboden des Privatstalls erwischt habe.«

»Ein Mädchen auf dem Heuboden?«, hakte Julia nach. »Wer war es?«

»Das wollte die Polizei auch von mir wissen, aber dazu kann ich leider nichts sagen.« Katja schüttelte betrübt den Kopf. »Sie muss schon dort gewesen sein, als ich heute Morgen mit Moni in den Privatstall ging. Leider habe ich sie zu spät bemerkt. Wenn ich nur ein wenig schneller gewesen wäre, hätte ich sie noch erwischt, aber sie ist aus der Luke im Giebel gesprungen, als ...«

»Die Luke ist fast drei Meter über dem Boden«, warf Svea ein. »Da kann man nicht runterspringen.«

»Das hab ich bis dahin auch gedacht.« Katja nickte zustimmend. »Aber pass mal auf, es kommt sogar noch besser. Das Mädchen ist nämlich nicht einfach auf den Boden gesprungen, sondern direkt auf dem Rücken eines weißen Pferdes gelandet, das urplötzlich wie aus dem Nichts auftauchte. Damit ist sie dann über die Wiese und auf und davon geritten.«

»Das klingt wirklich sehr mysteriös«, meinte Svea und strich sich über das Kinn wie ein Fernsehkommissar. »Und du denkst, dass dieses Mädchen ...«

»Wie sah sie aus?«, fiel Julia ihrer Freundin ganz unvermittelt ins Wort. Ihr Herz pochte heftig und sie spürte, wie sich ihre Wangen röteten, weil sie sich wieder an ein Gespräch erinnerte, das sie vor langer Zeit mit Mailin geführt hatte. Damals hatte das Elfenmädchen ihr erzählt, das Anitas White Lady in Wirklichkeit ein Elfenpferd war. Plötzlich schien sich alles wie von selbst zusammenzufügen. Ein Mädchen auf dem Heuboden des Privatstalls, das auf einem weißen Pferd flieht, ohne gesehen zu werden. Eine verschwundene White Lady und eine Reiterin, die sich an nichts erinnert . . . Stück für Stück setzte Julia in Gedanken die einzelnen Fakten zusammen.

»... hatte sehr helle Haare und war für die Jahreszeit viel zu dünn angezogen«, hörte sie Katja wie aus weiter Ferne sagen, doch die Erklärung war eigentlich nicht mehr nötig. Julia wusste bereits, wo sie nach White Lady suchen musste.

»Genaues habe ich bei dem schlechten Licht da oben nicht erkennen können«, erzählte Katja weiter. »Also ehrlich, im ersten Augenblick dachte ich wirklich, das Mädchen hätte sich als Indianerin verkleidet. Das Pferd trug keinen Sattel und . . .« Sie stockte. »Julia? Julia, wo willst du denn hin?«

Ein gewagter Ritt

»Julia, warte!«
Julia hörte Sveas und Katjas Rufe, aber sie drehte sich nicht um. Hinter ihrer Stirn überschlugen sich die Gedanken. Absurde und unglaubliche Gedanken, die sie mit niemandem teilen konnte, die für sie aber so real und wichtig waren, dass sie keine Zeit verlieren durfte. Mailin war hier gewesen. Hier auf der Danauer Mühle. Daran bestand für sie kein Zweifel mehr. Und eine innere Stimme sagte ihr, dass Mailin etwas mit dem Verschwinden von White Lady zu tun haben musste. Das alles war gewiss kein Zufall. Sie musste handeln, und zwar schnell, sonst war es zu spät. Atemlos erreichte sie den Van und riss die Tür auf der Fahrerseite auf. »Paps, schnell! Hilf mir Spikey aus dem Hänger zu holen«, rief sie ihrem Vater zu und lief zum Anhänger, ehe er etwas darauf erwidern konnte.
»Darf ich mal fragen, was das werden soll?«, fragte Martin Wiegand, als er die rückwärtige Seite des Hängers erreichte, und schaute seine Tochter stirnrunzelnd an.
Julia hatte die Laderampe bereits allein heruntergelassen und hantierte gerade an Spikeys Halfter. »Nein!«
»Nein?«
»Ja doch, später«, Julia machte eine genervte Geste. »Siehst du denn nicht, dass ich es furchtbar eilig habe?«
»Doch, das sehe ich. Ich weiß nur nicht, warum – he!«

In gespielter Empörung trat Martin Wiegand einen Schritt zur Seite, als Julia Spikey aus dem Hänger führte.
»Das erzähle ich dir heute Abend«, rief Julia und schwang sich ohne Zaumzeug und Sattel auf Spikeys Rücken. »Jetzt muss ich erst mal der Polizei helfen.« Sie presste die Schenkel fest an den Körper des gescheckten Ponys und Spikey trabte an. »Ich bin bald zurück«, rief sie ihrem Vater noch zu, der ihr fassungslos nachschaute, dann preschte sie die Auffahrt hinauf und jagte im Galopp die Straße entlang auf den Danauer Forst zu.
Nie war Julia der Weg so weit erschienen wie an diesem Nachmittag. Und niemals hatte sie das Gefühl gehabt, dass Spikey so langsam galoppierte wie auf diesem Ritt zum Danauer Forst.
Schneller, schneller! Das Wort hämmerte unablässig hinter ihrer Stirn. Obwohl sie wusste, dass Spikey alles gab, war es ihr diesmal nicht genug. Sie spürte den Wind im Gesicht und in den Haaren und bemerkte erst jetzt, dass sie ohne Helm ritt. Doch auch das war ihr gleichgültig. Die Furcht, zu spät zu kommen, saß ihr eiskalt im Nacken und trieb sie voran. Wenn sie Moni noch irgendwie helfen wollte, musste sie unverzüglich mit Mailin sprechen.
Spikey schien ihre Ängste zu spüren. Schnell wie noch nie preschte er die vertrauten Pfade entlang, mit wehender Mähne und flockigem Schweiß auf der Brust. Der Dreischlag seiner Hufe vertrieb die nachmittägliche Ruhe des Waldes und scheuchte das Wild und einige Vögel auf, während die Bäume als ein Spiel aus Licht und Schatten an ihnen vorbeiflogen. Wie von selbst fand das kluge Pony den Weg zu den gekreuzten Buchenstäm-

men, fiel in einen schnellen Trab und verließ den Waldweg so präzise an der richtigen Stelle, als kenne es das Ziel ganz genau.

Julia wartete nicht, bis Spikey angehalten hatte. Noch im Trab schwang sie sich von seinem Rücken, lief auf das Tor zu und blieb wie angewurzelt stehen.

Nichts regte sich unter den beiden dünnen Baumstämmen, die sich zwei Meter über dem Boden wie ein natürlicher Torbogen kreuzten.

Sie kam zu spät.

Das Tor war geschlossen.

Die Landschaft dahinter war klar und deutlich zu erkennen. Nirgends war auch nur die Ahnung des seltsamen Spiralnebels zu entdecken, den Julia bei ihrem Ritt in die Elfenwelt gesehen hatte.

»So ein Mist.« Wütend kickte Julia mit dem Reitstiefel einen kleinen Ast fort, der vor ihr am Boden lag. Der Stock wirbelte hoch, beschrieb in der Luft einen kleinen Bogen, flog auf das Tor zu – und verschwand!

»Er ist weg!« Vorsichtig ging Julia noch einen Schritt näher an das Tor heran. Aber selbst jetzt, da sie ganz genau hinsah, fand sie keinen Hinweis darauf, dass das Tor zur Elfenwelt noch geöffnet war. Einen winzigen Augenblick zögerte sie, dann nahm sie all ihren Mut zusammen und streckte den Finger danach aus.

Das Ergebnis war so überraschend, dass sie die Hand so schnell zurückzog, als habe sie sich verbrannt. Kaum dass ihr Finger die Luft unter dem Tor berührte, erschien wie aus dem Nichts die dunkle Wand mit den Abermillionen winzigen Sternen, die sich kreisend auf einen Punkt in der Mitte zubewegten.

Es war, als habe sie mit der Bewegung einen Bildschirm eingeschaltet.
Das Tor war noch geöffnet!
Julias Herz machte vor Freude einen Sprung. »Mailin!«, rief sie in die sternenübersäte Dunkelheit hinein. »Mailin! Ich bin es, Julia. Kannst du mich hören?«
Sie verstummte und lauschte.
Aber alles blieb ruhig.
»Mailin!«, versuchte sie es noch einmal. Dabei legte sie die Hände wie einen Trichter an die Lippen, um noch etwas lauter zu rufen. »Mailin!«
Niemand antwortete.
»Oh Spikey, sie kann mich nicht hören.« Julia fuhr sich mit den Händen über das Gesicht. »Sie war hier, das weiß ich genau, aber ich erreiche sie nicht. Was soll ich nur machen?« Nachdenklich schritt Julia vor dem Tor auf und ab. Es musste doch einen Weg geben, Mailin zu erreichen. Irgendeinen.
Für einen winzigen Augenblick kam ihr der Gedanke, selbst durch das Tor zu reiten, doch ihre Furcht vor der leeren und kalten Welt dahinter war zu groß und sie verwarf den absurden Einfall gleich wieder.
Denk nach! Denk nach!
Julia spürte, wie Panik in ihr aufstieg, und ballte die Fäuste. Dabei fiel ihr Blick wie zufällig auf den kleinen silbernen Ring an ihrem Finger. Den magischen Elfenring, den Mailin ihr vor vielen Monaten zum Dank geschenkt hatte und der ihr schon einmal gute Dienste geleistet hatte.
Vielleicht . . .
Julia zog den Ring vom Finger und betrachtete ihn vol-

ler Wärme. Der Ring war ihr größter Schatz. Viele hatten ihn schon bewundert und sie gefragt, woher er stammte, doch niemand kannte die Wahrheit. Der Ring war einmalig – der Schlüssel zum Elfenreich. Julia zögerte.

Sollte sie es wirklich wagen . . .?

Das Tor konnte sich jeden Augenblick schließen, sie musste schnell handeln, sonst war alles verloren.

Nun mach schon, ermunterte sie sich in Gedanken. Tu es – für Moni.

Ein letztes Mal schaute sie den Ring an, dann schloss sie die Finger fest darum, holte weit aus und schleuderte ihn mit aller Kraft durch das Tor.

Mit wenigen Schritten war Mailin am Weiher und kniete sich in das weiche Gras am Ufer, konnte aber nichts Ungewöhnliches entdecken.

»Hier ist nichts zu sehen«, sagte sie bedauernd, als plötzlich erneut der helle, pfeifende Laut zu hören war. Mailin schaute auf, da fiel, kaum eine Armeslänge von ihr entfernt, wieder etwas platschend ins Wasser. Es war etwas Kleines, Silbernes, das sofort auf den Grund des Weihers sank. Neugierig streckte Mailin die Hand aus und griff danach.

»Was war das?« Enid war hinter sie getreten und schaute ihr über die Schulter.

»Ich weiß es nicht.« Mailin drehte sich um und öffnete die Hand. Feiner Kiesel und kleine Steine füllten die Handfläche und mittendrin ...

»Gil-Estel!« Ehrfürchtig hob Enid den kleinen silbernen Ring aus Mailins nasser Hand und hielt ihn ins Licht.

»Das ist Julias Ring!«, stieß Mailin hervor. »Sie ist da. Sie ist auf der anderen Seite des Tores.« Sie sprang auf und rannte zu Gohin, der am Waldrand graste. Mit einem Satz schwang sie sich auf dessen Rücken und lenkte ihn auf den Weiher zu. Doch Enid vertrat ihr den Weg.

»Mailin!«, sagte sie streng. »Was hast du vor?«

»Julia wartet drüben auf mich«, erwiderte Mailin und deutete auf das Tor. »Nur sie kann den Ring geworfen haben. Sie muss wissen, dass ich in ihrer Welt gewesen bin. Ich reite noch einmal zurück und ...«

»Bist du von Sinnen?«, fuhr Enid sie an. »Das Tor unterliegt nicht mehr meiner Macht. Es kann sich jeden Augenblick schließen.«

»Aber sie ruft mich«, beharrte Mailin und deutete auf den Ring. »Sicher ist es wichtig, sonst hätte sie den Ring niemals durch das Tor geworfen. Ich kann doch nicht so tun, als hätte ich das Zeichen nicht bemerkt.«

»Und warum nicht?«, entgegnete Enid ruhig.

»Weil, weil ...« Verzweifelt suchte Mailin nach den richtigen Worten. »... weil sie meine Freundin ist und ich sie nicht im Stich lasse.«

»Im Stich?« Enid schüttelte den Kopf. »Du weißt doch gar nicht, ob sie wirklich in Not ist.«

»Genau das will ich ja herausfinden«, entgegnete Mailin. »Und jetzt lasst bitte das Halfter los, damit ich zu ihr kann.«

»Mailin! Das ist viel zu gefährlich. Wenn sich das Tor schließt, kann ich dir nicht helfen. Dann bist du in der Welt der Menschen oder, schlimmer noch, im ewigen Nichts gefangen.«

»Mir geschieht schon nichts.« Mailin ließ Gohin so ruckartig aufsteigen, dass Enid das Halfter aus den Händen glitt, und führte den Hengst in den Weiher.

»Warte!«

Etwas in Enids Stimme ließ Mailin aufhorchen. Da waren Furcht und eine große Sorge, die sie nie zuvor bei der Elfenpriesterin gespürt hatte. »Im Namen der Göttin, halte ein! Ich werde versuchen dir zu helfen.«

»Und wie?« Nur ein Schritt trennte Mailin noch von dem Tor.

Enid antwortete nicht. Entschlossen und mit ernstem Gesicht, folgte sie Mailin in den Weiher. Es schien sie nicht zu kümmern, dass ihr langes Gewand dabei nass wurde. Sie machte sich nicht einmal die Mühe, es anzuheben.

»Du willst also mit Julia sprechen?«, fragte sie geradeheraus.

»Ja, das will ich.« Mailin nickte ernst.

»Dann sieh gut hin!« Enid hob die Hand, berührte die wogenden Nebel mit dem Zeigefinger und murmelte leise ein paar Worte in der alten Sprache der Elfen. Die kreisenden Bewegungen der dunstigen Schwaden wurden langsamer und hörten schließlich ganz auf.

Gleich darauf wurde der Nebel von der Mitte her durchsichtig. Mailin erkannte ein vertrautes, sonnenbeschienenes Waldstück aus locker stehenden Bäumen mit kahlen Brombeersträuchern und wenig Unterholz –

den Danauer Forst. Die Nachmittagssonne warf ihr Licht in goldenen Strahlen auf den Waldboden und auf die Gestalt eines hoch gewachsenen Mädchens mit langen brauen Haaren und dunkler Reitkleidung, das unmittelbar vor dem Tor stand und verdutzt einen Schritt näher trat.

»Julia!«, rief Mailin aus. »Julia kannst du mich sehen?«

»Mailin?« Die Lippen des Mädchens bewegten sich, lange bevor das Wort den leeren Raum zwischen den Welten überwunden hatte. »Mailin, ich bin so froh, dass ich dich noch erreiche. Warst du heute auf der Danauer Mühle?« Julia sprach ungewöhnlich schnell, aber Mailin verstand sie dennoch.

»Ich war dort«, erwiderte Mailin. »Ich habe dich gesucht, aber du warst nicht zu Hause. Ich wollte . . .«

»Mailin, bitte sag mir die Wahrheit«, fiel Julia ihr ins Wort. Selbst über die weite Entfernung hinweg konnte Mailin sehen, wie aufgeregt sie war. »Von der Danauer Mühle ist ein Pferd verschwunden. Ein weißes Pferd – Das Pferd, von dem du mir einmal erzählt hast, dass es ein Elfenpferd sei. Bitte sag mir ganz ehrlich: Hast du etwas damit zu tun?«

»Das Pferd wurde vor vielen Jahren von Lavendra aus der Herde des Elfenkönigs gestohlen«, erwiderte Mailin offen und ohne Reue. »Es gehört nicht in eure Welt. Ich habe es zurückgeholt, damit der Schuldigen endlich Gerechtigkeit widerfährt.«

»Aber . . . aber das geht nicht!« Julia wirkte plötzlich richtig verzweifelt. »Du ahnst nicht, was hier los ist. Alle denken, Moni, also das Mädchen, das White Lady heute geritten hat, hätte das Pferde gestohlen. Wenn es nicht zurückkommt, bekommt sie riesigen Ärger. Das Pferd gehört Anita. Moni sollte sich nur für ein paar Tage darum kümmern. Die Arme ist völlig fertig. Du musst es sofort wieder ...«

»Nein!« Mailins Stimme blieb fest. Das Schicksal der rothaarigen Reiterin berührte sie und weckte Schuldgefühle in ihr, aber nichts und niemand würde sie dazu bewegen, *Aeglos* wieder in die Menschenwelt zu bringen.

»Das Pferd ist der einzige Zeuge, der beweisen kann, dass Enid unschuldig und Lavendra eine elende Betrügerin ist«, erklärte sie. »Ich kann es nicht zurückbringen. Es ist zu wichtig.«

»Mailin, bitte«, flehte Julia. »Wir sind doch Freundinnen.«

Freundinnen. Das Wort versetzte Mailin einen schmerzhaften Stich. Natürlich waren sie Freundinnen und natürlich würde sie Julia am liebsten helfen, aber das Pferd konnte sie auf keinen Fall zurückbringen. Nicht einmal um der Freundschaft willen.

Gab es denn keine andere Lösung?

Mailin überlegte fieberhaft. Ein Pferd konnte man doch nicht einfach ersetzen ...

Ersetzen!

Plötzlich hatte sie eine Idee. Es war nur ein Hoffnungsschimmer, aber er war einen Versuch wert.

»Erinnert Ihr Euch noch daran, was Lavendra mit Shadow getan hat, als sie ihn entführt hat?«, fragte sie die Elfenpriesterin so leise, dass Julia es nicht hören konnte.

»Ja, natürlich.« Enid nickte.

»Könntet Ihr eine solche Magie auch wirken?«, wollte Mailin wissen.

»Nun, ich ... vermutlich schon, warum fragst du?«
»Das werdet Ihr gleich sehen.« Mailin riss Gohin herum. »Ich bin gleich wieder da!«, rief sie Julia zu. Dann preschte sie auch schon in den Wald hinein.
Wenige Minuten später kam sie mit Ninim am Halfter zurück und brachte die beiden Pferde neben White Lady zum Stehen. »Ich glaube, ich weiß jetzt, wie wir das Problem lösen können«, sagte sie zu Enid, die noch immer im Weiher stand und sie fragend anschaute. »Wenn das Tor nur noch einen kleinen Moment offen bleibt und die Magie uns wohlgesinnt ist, wird alles gut.«

Heimkehrer

»Mailin!« Bestürzt sah Julia ihre Freundin davonreiten. War Mailin vielleicht böse auf sie? Für eine Weile sah sie noch den Elfenwald unter den gekreuzten Buchenstämmen, dann wurde es dunkel und das Bild des spiralförmigen Sternennebels erschien wieder.

Mailin war fort.

»Oh, nein«, seufzte Julia. »Jetzt ist sie bestimmt sauer auf mich.« Niedergeschlagen ging sie zu Spikey, schlang die Arme um seinen Hals und schmiegte die Wange an das weiche Fell.

Als Julia sich wieder zu dem Weltentor umwandte, war es verschwunden, nichts deutete mehr darauf hin, dass sich unter den Buchenstämmen ein Tor zur Elfenwelt befand. Julia setzte sich auf den Boden, ließ betrübt den Kopf hängen und verbarg das Gesicht in den Händen. Sie hatte nicht vor, Mailin noch einmal zu rufen. Warum auch? Ihre Freundin hatte ihr klipp und klar gesagt, dass sie White Lady nicht zurückbringen würde, und irgendwie konnte Julia sie sogar verstehen. Wenn White Lady wirklich ein Elfenpferd war, musste es in seine Welt zurück. Das war völlig richtig. Das Dumme war nur, dass Moni die Leidtragende dieser Aktion war.

Ein kühler Windzug strich durch den Wald und erinnerte Julia daran, dass der Abend nahte. Es war höchste

Zeit, zur Danauer Mühle zurückzukehren, sonst würde die Polizei am Ende auch noch nach ihr suchen.
»Komm, Spikey«, sagte sie matt und schwang sich in den Sattel. »Hier können wir nichts mehr ausrichten. Lass uns zurückreiten.«
Gehorsam machte sich das gescheckte Pony auf den Heimweg. Die Lichtung mit den gekreuzten Buchenstämmen blieb rasch hinter ihnen zurück und war schon bald nicht mehr zu sehen.

Sie hatten den Wald noch nicht verlassen, als hinter ihnen plötzlich Hufschlag ertönte. Julia wandte sich um. Zunächst konnte sie nichts erkennen, aber dann tauchten hinter einer Biegung zwei weiße Pferde auf. Beide waren gesattelt und aufgezäumt, aber nur eines von ihnen trug eine Reiterin – ein hellblondes, seltsam gekleidetes Mädchen.
»Mailin!« Julia ließ Spikey wenden und preschte ihrer Freundin entgegen. »Oh, Mailin«, rief sie glücklich. »Ich bin ja so froh dich zu sehen.« Sie parierte Spikey unmittelbar neben dem Elfenmädchen und schaute staunend auf das reiterlose Pferd, das diese mit sich führte. »Das ist ja White Lady!«, stieß sie überrascht hervor. »Aber du hast doch gesagt, dass ...«
»... dass ich sie nicht zurückbringe?« Mailin lächelte viel sagend. »Nun, vielleicht habe ich es mir ja doch noch anders überlegt.« Sie hob die Hand und reichte Julia die Zügel der Stute.
»Du bringst sie zurück?« Julia konnte es nicht fassen. »Wirklich?«
»Was ich getan habe, war sehr unüberlegt«, sagte Mai-

lin. »Ich hoffe, deine Freundin bekommt nun keinen Ärger mehr.«

»Ganz bestimmt nicht.« Julia strahlte vor Glück. »Wenn White Lady wieder da ist, ist alles o. k. Aber sag mal, was geschieht den nun mit ...?«

»Ich muss schnell zurück, Julia.« Ein dringender Unterton schwang in Mailins Stimme mit. »Das Tor kann sich jeden Augenblick schließen. Enid wollte mich nicht mehr gehen lassen, aber ich wollte das Unrecht wenigstens ein bisschen wieder gutmachen.«

»Was heißt hier ein bisschen?«, fragte Julia verwundert. »White Lady ist zurück. *Alles* ist gut.«

»Das zu beurteilen wird die Zukunft zeigen«, erwiderte Mailin geheimnisvoll. »Aber jetzt muss ich wirklich gehen.« Sie lächelte. »Schade, dass ich dich nicht früher angetroffen habe«, sagte sie. »Ich bin immer gern mit dir zusammen.«

»Und ich mit dir.« Auch Julia lächelte. »Wenn du mal wieder in Schwierigkeiten steckst und Hilfe benötigst, schau einfach bei mir vorbei – ja?«

»Ganz bestimmt.« Mailin ließ Gohin wenden und lachte. »Ich hoffe nur, du bist dann auch zu Hause.« Sie winkte noch einmal zum Abschied und galoppierte davon.

Julia schaute ihr nach, bis sie hinter der Wegbiegung verschwunden war, dann nahm sie die Zügel fester in die Hand und sagte, an das Elfenpferd gewandt: »Na die werden aber Augen machen. Jetzt muss ich mir nur noch eine passende Geschichte ausdenken, wo ich dich gefunden haben könnte.« Plötzlich musste sie lachen. »Aber im Geschichten-und-Ausreden-Erfinden habe ich inzwischen ja schon reichlich Erfahrung.«

Wie der Wind jagten Gohin und Mailin durch den Danauer Forst auf das Weltentor zu. Das Elfenmädchen hatte es furchtbar eilig. Wertvolle Zeit war verstrichen und sie konnte von Glück sagen, dass sie Julia noch erwischt hatte, bevor sie den Wald verließ. Nun konnte sie nur hoffen, dass das Glück ihr weiterhin hold war und dass das Tor in ihre Heimat noch offen stand.
Der kleine Zauber, den Enid gewoben hatte, um Ninim die Gestalt von White Lady zu geben, hatte nicht viel Zeit in Anspruch genommen, aber doch so lange gedauert, dass Julia sich inzwischen schon auf den Heimweg gemacht hatte. Bei dem Versuch, Ninim den schweren Sattel und das ungewohnte Zaumzeug anzulegen, waren noch einmal wertvolle Minuten verstrichen und Mailin hatte ziemlich weit reiten müssen, um Julia einzuholen.
Jetzt wurde die Zeit knapp.
Nur zu deutlich klangen ihr Enids mahnende Worte noch in den Ohren. Die Elfenpriesterin hatte sie mit aller Macht daran hindern wollen, noch einmal in die Menschenwelt zu gehen, um die falsche White Lady abzuliefern. »Geh nicht!«, hatte sie Mailin beschworen. »Die Ränder des Tores beginnen bereits sich aufzulösen. Nicht mehr lange, und es wird ganz geschlossen sein.«
Tatsächlich war die wogende Nebelwand über dem Weiher schon ein ganzes Stück kleiner geworden, aber Mailin war zuversichtlich gewesen den Weg hin und zurück noch rechtzeitig zu schaffen. »Ich führe Ninim nur in den Danauer Forst, zeige Julia, wo der Sattel und das Zaumzeug versteckt sind, und kehre dann sofort wieder zurück«, hatte sie Enid versprochen. »Das Ganze dau-

ert nicht länger als ein paar Herzschläge. So lange wird das Tor gewiss noch halten.« Dann hatte sie die Elfenpriesterin eindringlich angesehen und hinzugefügt: »Ich habe eine Unschuldige in große Schwierigkeiten gebracht. Das muss ich wieder gutmachen. Mit dieser kleinen List ist allen geholfen – zumindest vorerst. Ich verspreche Euch, dass ich Ninim so bald wie möglich zurückholen werde.«
»Oh, du törichtes Kind. Du ... du dickköpfige Pferdehüterin«, hatte Enid kopfschüttelnd geantwortet, aber trotz der harten Worte hatte Mailin gespürt, dass die Elfenpriesterin ihre Beweggründe verstand. »Dann geh schon, im Namen der Göttin«, hatte sie schließlich nachgegeben. »Aber beeil dich. Wenn sich das Tor schließt, bevor du zurück bist, kann ich es erst beim nächsten Vollmond wieder öffnen – möge die Göttin dich beschützen.«
Mailin hatte die kalte Zone zwischen den Welten so schnell wie nie zuvor passiert, doch dann war alles anders, ganz anders gekommen als erwartet. Wertvolle Zeit war verstrichen. Zeit, die sie nicht besaß. Inzwischen glaubte sie fast zu spüren, wie sich das Tor zwischen den Welten mit jedem Atemzug, den sie tat, ein winziges Stück weiter schloss.
»Lauf, Gohin!«, feuerte sie den galoppierenden Hengst an. »Bring uns nach Hause, schnell.«
Ohne das Tempo zu verlangsamen, bog Gohin von dem Waldweg ab, jagte auf das Tor unter den Buchenstämmen zu und setzte zum Sprung an.
»Bitte! Bitte, lass es noch offen sein!«, flehte Mailin im Stillen und schloss die Augen. Sie spürte, wie Gohins

Muskeln sich spannten, wie er sich kraftvoll vom Boden abstieß, mit einem großen Satz durch das Tor flog – und mit einem kräftigen Ruck wieder auf dem Waldboden aufsetzte.
Zu spät!
Die beiden Worte sickerten wie flüssiges Eis in Mailins Gedanken. Wie gelähmt saß sie auf Gohins Rücken und wagte nicht die Augen zu öffnen, um der Wahrheit ins Gesicht zu blicken. Als sie schließlich den Mut aufbrachte, es zu tun, fand sie ihre schlimmsten Befürchtungen bestätigt.
Das Tor war nicht mehr da! Sie konnte nicht zurück! Enids Mahnungen waren bittere Wirklichkeit geworden. Sie war für viele Monate in der Welt der Menschen gefangen.

Gefangen in einer fremden Welt

Tock, tock! Tock, tock!
Wie aus weiter Ferne drang das Klopfen in Julias Träume. Etwas Drängendes schwang darin mit, doch sie war viel zu verschlafen, um sich darüber Gedanken zu machen.
Das Klopfen störte sie. Brummend zog sie sich das Kissen über die Ohren.
Tock, tock!
Die Geräusche wurden lauter.
Julia ärgerte sich und presste das Kissen fester auf die Ohren, doch selbst jetzt konnte sie das Klopfen noch hören.
Tock! Tock! Tock!
»Oh Mann!« Mit einer Mischung aus Ärger und Verwunderung richtet Julia sich auf. Wie um alles in der Welt kam ihr Vater bloß auf den Gedanken, mitten in der Nacht zu hämmern? Gähnend tastete sie nach dem Wecker. 03.20 Uhr verkündeten die Leuchtziffern der LCD-Anzeige. Julia stellte den Wecker fort und horchte. Ein paar Herzschläge lang blieb alles ruhig, dann: Tock! Tock!
Das kam eindeutig vom Fenster. Irgendwie kam die ganze Situation Julia bekannt vor. Und dann wusste sie es.
Mailin!

Genau so hatte Mailin sie schon einmal besucht ... Aber Mailin war doch längst fort und in ihre eigene Welt zurückgekehrt – oder?
Plötzlich war Julia hellwach, schlug die Decke zurück und schlüpfte aus dem Bett. Mit wenigen Schritten eilte sie zum Fenster, zog die Vorhänge zurück und spähte in die Nacht hinaus. Vor dem Fenster war niemand zu sehen. Die kahlen Äste des Apfelbaums waren leer.
Julia nahm allen Mut zusammen und öffnete das Fenster einen Spalt weit. »Mailin?«, rief sie leise.
»Ich bin hier!«, kam die verhaltene Antwort von irgendwo aus der Dunkelheit. Zweige knackten und die helle Gestalt des Elfenmädchens erschien vor dem Fenster. Sie wollte etwas sagen, doch ein heftiges Niesen kam dem zuvor. »Hatschi!« Sie schniefte.
»Mailin! Was machst du denn hier?« Bestürzt öffnete Julia das Fenster und half der Freundin herein. »Du bist ja eiskalt. Erkältet hast du dich auch«, stellte sie fest, während sie Malin zum Bett führte und ihr die warme Daunendecke um die Schultern schlang. Dann hockte sie sich vor der Elfe auf den Boden, sah Mailin besorgt an und fragte ernst: »Was ist geschehen?«
»Ich kann nicht zurück.« Mailin nieste wieder. Dann begann sie zu erzählen.
»... das heißt, du bist hier gefangen?« Obwohl Mailin ihr alles haarklein erzählt hatte, traute Julia ihren Ohren nicht. Dass sich das Tor geschlossen haben sollte, ehe Mailin hindurchreiten konnte, war einfach unglaublich. »Aber wann kannst du denn wieder in die Elfenwelt zurück?«, wollte sie wissen.
»Frühestens beim nächsten Vollmond.« Mailin zog be-

dauernd die Schultern in die Höhe. »Dem nächsten Vollmond in *meiner* Welt. Aber frag mich nicht, wie lange das in deiner Welt dauert.«

»So ein Mist.« Julia erhob sich und ließ sich neben Mailin auf das Bett plumpsen. »Da sitzt du aber wirklich ganz schön in der Patsche.« Sie seufzte tief. »Und ich auch.«

Eine Zeit lang starrten die beiden schweigend zu Boden. Mailin schniefte noch immer. Julia reichte ihr ein Papiertaschentuch, mit dem das Elfenmädchen jedoch nichts anzufangen wusste.

»Das benutzt man so!« Julia hielt sich ein Taschentuch vor die Nase und machte es Mailin vor. Das Elfenmädchen lächelte und tat es ihr gleich. »Ich will dir nicht zur Last fallen«, erklärte sie, nachdem sie sich die Nase geputzt hatte. »Ich . . .«

»So ein Quatsch, du fällst mir doch nicht zur Last.« Julia hatte den ersten Schrecken bereits überwunden und betonte noch einmal: »Du würdest mir niemals zur Last fallen. Du doch nicht. Lass mir nur etwas Zeit, dann fällt mir schon was ein.« Sie lächelte und ergriff die Hände ihrer Freundin. »Wo ist Gohin?«

»In einem leeren Viehunterstand ganz in der Nähe.« Mailin hustete. »Dort gibt es Wasser und Stroh und er kann nicht so leicht gesehen werden.«

»Prima.« Julia war erleichtert. Das Pferd versorgt zu wissen tat gut. »Dann bleibst du heute Nacht erst einmal hier im Warmen«, erklärte sie in einem Ton, der keine Widerrede duldete. »Du bist total erkältet und kannst auf keinen Fall draußen schlafen. Morgen ist Montag. Meine Eltern müssen beide zur Arbeit und gehen sehr früh aus dem Haus. Ich koche dir einen Erkältungstee, dann können wir alles in Ruhe besprechen und sehen weiter.« Sie zwinkerte Ihrer Freundin verschwörerisch zu. »Mach dir keine Sorgen, ich helfe dir. Irgendwie kriegen wir das schon geregelt. Dafür sind Freunde schließlich da. Wäre doch gelacht, wenn ich dich und Gohin nicht für die paar Tage irgendwo verstecken kann.«

Terri Farley

Der Silberne Hengst

Terri Farleys packende Reihe »Der silberne Hengst« entführt mitten hinein in den Wilden Westen Amerikas. In der abenteuerliche Prärie Nevadas mit ihren Ranchern, Cowboys und Naturgewalten kämpft ein Mädchen um die Freiheit und das Leben eines geheimnisvollen Wildpferdes. Die beiden verbindet eine tiefe, magische Freundschaft.

3-401-**45151**-0

3-401-**45152**-9

3-401-**45160**-X

Jeder Band:
Ab 11 Jahren
Gebunden

3-401-**45161**-8

3-401-**45201**-0

www.arena-verlag.de

ENSSLIN